CLAUSE DE CONSCIENCE

DU MÊME AUTEUR

Romans

Pourpre, Mercure de France, 1980.

Les Canards du Golden Gate, Mercure de France, 1982.

Sans effort apparent, Balland, 1987.

L'Ouest, Bernard de Fallois, 1991.

Une affaire embarrassante, Grasset, 1995, prix Jean-Freustié.

Les Corrompus, Grasset, 1998, prix Interallié.

Belle-Amie, Grasset, 2001.

Silence, on ment, Grasset, 2003, prix Renaudot des Lycéens.

Une vraie Parisienne, Grasset, 2007.

Paris en temps de paix, Grasset, 2011.

La femme qui dit non, Grasset, 2014.

L'Ère des suspects, Grasset, 2018.

Le Dernier Tribun, Grasset, 2021.

Essais

Le Roman de Constantinople, Éditions du Rocher, 2005, prix Renaudot de l'essai.

Le Roman de la Bretagne, Éditions du Rocher, 2008.

Une mer de famille, illustrations de Nono, Éditions Dialogues, 2015.

Du bonheur d'être breton, *les régions contre les nations*, Équateurs, 2017.

GILLES MARTIN-CHAUFFIER

CLAUSE DE CONSCIENCE

roman

BERNARD GRASSET
PARIS

Jaquette : Tomaz Levstek / Gettyimages

ISBN : 978-2-246-83792-3

« Les autres et moi, ça fait deux. »

François GIBAULT

1.

À marée haute, le bois de la Chèvre mouille de trois côtés dans le golfe du Morbihan. Il fait balcon. On se croirait sur le pont d'un bateau. Droits, simples, forts et minces, les pins servent de mâts. Pas un souffle d'air ne les agitait. Sans un pli, tendre comme l'herbe, la mer ressemblait à une prairie de gazon bleu. Un calme de désert régnait, pur comme la nuit. La douceur endormie de la canicule, la caresse voluptueuse du silence, les frissons muets de la marée, la sérénité du vide, la lumière à peine éveillée, rien n'attirait l'attention. La vie dormait encore. Pas une voile, pas une mouette, pas même un froissement de poisson filant à fleur d'eau. Songer que la mer est plus habitée que la terre. Penser que, sous mes yeux, des cohortes de crevettes, de crabes verts, de gobies et d'autres proies écervelées flemmardaient et se régalaient en attendant d'être gobés. Par ici, on se massacre dans un calme cistercien. Sur le sable en contrebas, un crabe cuirassé approchait d'une étrange démarche de bourreau. À peine réveillées, une ou deux mouettes glissaient sans hâte au ras de la vague, donnant à l'occasion un coup d'ailes assoupi. Dans la direction de Pen Hap, la plage sans fin s'étirait comme une rivière de lait. Le soleil se levait avec une langueur d'amoureux. La veille, sur la terrasse de Kergantelec, le thermomètre oublié au soleil avait atteint les 45 °C. Inutile de rêver mettre les voiles, on n'annonçait pas le moindre zef.

À partir du milieu de la matinée, descendus des vedettes parcourant les îles, ils seraient des centaines dans les parages. Là, pendant encore deux ou trois heures, on en profitait seuls. C'était le rêve. Tout à coup, dans ce nirvana, mon portable a sonné. Je l'avais emporté car c'était le 4 juillet, le jour de mon anniversaire. Anika, Claire, Anne-Marie, Margot, ma marraine, Jérôme, Fabrice, Olivier, Bernard, mon fils… Ils allaient tous me passer un coup de fil ou m'envoyer un sms. Sauf qu'est apparue l'adresse « Numéro Inconnu ». Une seule chose à faire : couper l'appel. Dieu sait pourquoi, j'ai répondu.

Horreur : c'était Coco Contexte !

2.

« Corinne Content à l'appareil. Je ne te réveille pas, au moins ? »

Elle se moquait, comme d'habitude. C'était son truc quand elle me croisait dans les couloirs du journal, toujours étonnée de m'y voir, surprise que je ne sois pas ailleurs à flemmarder. Je n'ai pas relevé. De toute façon, elle fixait déjà ses consignes :

« On a besoin de toi. Tu connais Clémence Moncœur, bien sûr ? »

Bien sûr que non ! Jamais entendu ce nom. Encore une souris qu'elle allait présenter comme la nouvelle Marilyn :

« Non. Inconnue au bataillon.

— Ça ne m'étonne pas. À part ton Proust et ton Stendhal, tu ne connais personne. Penser que tu es rédacteur en chef, c'est à se taper le cul par terre. En tout cas, elle a eu un joli rôle dans *Emily in Paris*, la série qui cartonne sur Netflix. Et elle joue dans le prochain film de Nanette Jouan qui sort dans trois semaines. C'est la nouvelle Adjani. »

Depuis le temps, j'avais appris à traduire le Coco Contexte. En somme, son petit cœur avait fait une apparition muette dans une série américaine et on l'apercevait dans le film d'une inconnue tellement prometteuse qu'on sortait les copies en plein été. Je l'ai joué Quai d'Orsay :

« Passionnant, je rêve de la rencontrer. »

J'aurais mieux fait de me taire. Coco m'a pris au mot :

« Justement, elle est à deux pas de ton trou. À Larmor-Baden. Sous la pluie, j'imagine. La Bretagne en vacances, je ne comprendrai jamais comment on peut s'infliger une telle purge dans le pays de Saint-Tropez. Se geler les grelots en juillet, faut être débaptisé ! Bon, j'insiste pas. Elle t'attend. »

Pauvre tache ! La Bretagne lui disait bien des choses à cette morue qui omettait les négations. Moi aussi, d'ailleurs :

« Parfait, on va envoyer un photographe si ça te fait plaisir. Et on bricolera un paragraphe plein de promesses. Et maintenant je te laisse.

— Arrête de dérailler. Les photos sont déjà faites. Et on veut un texte, un vrai. Pas question que tu confies Clémence à une petite stagiaire du service people, tu sais, les cruches prépubères que tu prends en stage parce qu'elles ont de jolies fesses. »

Des clichés et des provocations, son fond de sauce habituel. Elle commençait à m'énerver :

« Je t'arrête tout de suite. Je laisse ce genre de grossièreté à d'autres. À mes yeux, le seul élément sexy pour les jeunes journalistes, ce sont leurs neurones. Éventuellement, leur voix. C'est grâce à elle que je suis tombé amoureux de ma femme. Encore maintenant, c'est ce que je préfère chez elle. La tienne, par exemple, serait rédhibitoire : je ne t'engagerais jamais. »

Elle avait un timbre rauque, cassé, comme écorché. Pas le ton sexy à l'italienne de Carla Bruni, troublant comme Jeanne Moreau ou envoûtant comme Claudia Cardinale. Plutôt celui de Françoise Verny avec ses cordes vocales tapissées de Gauloises, de scotch et de bamboche. Son enrouement soufflait bon la soupe et la rue. Elle a dû sentir que j'étais sincère. Ça l'a vexée :

« Écoute, poussin, on n'est pas à la Cour, je ne suis pas la Pompadour et t'es pas le duc Machin-Chose. Je t'envoie par sms le 06 de Clémence et tu l'appelles fissa. Elle attend ton coup de fil. Cette gamine ira loin. Elle veut un écrivain. À ton propos, c'est un bien grand mot mais un rédacteur en chef fera l'affaire. Et maintenant, basta.

— Et si je dis non ?

— Eh ben, c'est tout simple. Brigitte et Emmanuel en maillots de bain à Brégançon, je les donnerai à *Match* ou à *Gala*. *Scoop* l'aura dans l'os. Et là, Marc sera très mécontent. Capito ? »

Le pire, c'est qu'elle ne bluffait pas. Par je ne sais quel sortilège, cette virago avait mis le président de la République et sa femme dans sa manche. Tôt ou tard, ils le payeraient cher mais, d'ici là, elle avait le monopole sur tous les reportages un peu privés et excitants sur l'Élysée. Cela ne datait même pas d'hier : elle en avait fait autant avec Carla Bruni et Nicolas Sarkozy. Et je ne parle pas des cinq ou six stars de premier plan qui ne passaient que par elle pour leurs photos. Au bas mot, dix ou douze fois par an, nos couvertures dépendaient de son bon vouloir.

Je n'avais qu'à baisser les armes. Avant de me raccrocher au nez, elle a juste ajouté : « Et maintenant, au boulot. »

3.

Première chose : j'ai appelé Marc. Il dirige le service photo. Avec, lui aussi, le titre de rédacteur en chef. Sauf que lui est « rédacteur en chef couleur » et moi « rédacteur en chef gris ». Inutile de dire qu'à *Scoop*, on ne pèse pas le même poids. D'un simple coup de fil, il peut joindre Annie Leibovitz, Raymond Depardon, James Nachtwey, Inez & Vinoodh, Mario Testino ou quinze autres que tous les journaux du monde courtisent. Je veille soigneusement à ne pas le contrarier. Et là, pas de chance, il m'a confirmé que l'interview de cette nouvelle souris était une priorité absolue. Sans elle, Brigitte et Emmanuel nous échapperaient. Or, pas question pour lui de partir vers Bali, sa destination estivale habituelle, sans avoir bouclé son programme de couvertures pour le mois d'août. Il avait promis à Coco quatre pages sur Clémence Moncœur. Impossible d'y couper.

Avec les corvées, une seule chose à faire : s'en débarrasser. J'ai râlé, pesté, renâclé (tout cela en moi-même) puis, comme d'habitude, j'ai obéi. Et appelé la si prometteuse Clémence. Elle a répondu à la seconde sonnerie. Il était neuf heures et demie. Je craignais de la réveiller. Loin de là :

« Aucun souci, monsieur. Il y a huit ou neuf heures que je suis toute seule dans mon lit. Un peu de conversation, je n'attendais que ça. »

Monsieur et lit dans la même phrase, elle promettait. Et elle ne jouait pas encore les Deneuve : elle était prête à me recevoir ou à venir à l'Ile aux Moines aujourd'hui même. J'ai avoué que je n'avais pas encore vu son film. On allait m'envoyer un lien. Elle s'en fichait :

« Aucune importance, je vous le raconterai. Pas la peine que vous voyiez le jeu des autres. De toute façon, c'est pas *Ben Hur* non plus. L'intrigue tient en un paragraphe. J'ai compté : je ne prononce que soixante phrases. Avec les soupirs, ça fait peut-être soixante-dix. C'est quasiment du cinéma muet. Si vous y tenez, je pourrai vous rejouer mes scènes. »

Elle commençait à me plaire. On s'est mis d'accord en trente secondes : rendez-vous sur le quai à midi et demi. Ma sœur m'a prêté son zodiac et la traversée jusqu'à Larmor-Baden a pris dix minutes, plein soleil. Le golfe plissait et déplissait des vaguelettes. Au loin, sur l'océan, quelques nuages pâles filaient sans hâte vers le continent. L'air était si limpide que j'aurais pu compter les aiguilles sur les pins du bois d'Amour. Quelques beaux bateaux aux grandes voiles multicolores flânaient sur les écailles étincelantes de l'eau. Appuyée sur une houle lascive, l'étrave du canot suçotait les vagues, se soulevait gentiment, s'affalait comme dans des plumes. J'ai repéré la petite cale où Clémence devait m'attendre près du passage mouillé pour Berder.

Elle était au rendez-vous. Blonde, les cheveux en désordre sur le front, dorée comme un abricot, juste vêtue d'un short et d'un débardeur blanc : Baby-Doll en personne. Avec ça, aucun chichi : elle a attrapé le bout à l'avant du zodiac, a noué vite fait un nœud de chaise à une amarre rouillée et m'a proposé d'apporter la nourrice au bistro voisin « pour qu'on ne pique pas votre essence ». Un vrai petit marin. Tout ça était trop beau pour être vrai.

On est passés au village chercher des sushis. Pour moi, elle a pris une bouteille de rosé. Quand j'ai sorti mon portefeuille, elle a haussé les épaules :

« Non, c'est bon. On a un compte. »

Embarrassé, j'ai demandé qui était « on ». Elle a commencé par dire « Canal ». Puis elle s'est reprise :

« Ou la Gaumont. Ou la Fox. Des gens de Paris. Qu'est-ce qu'on en a à faire ? »

J'aurais mieux fait de creuser un peu le sujet mais je n'y ai pas songé. En effet, qu'en avait-on à faire ?

4.

La maison, je n'en parle pas. Assortie au climat de cet été incendiaire avec des airs de Riviera : du bois, des baies vitrées, des terrasses, pas d'étage et une piscine à débordement juste au-dessus du golfe, face à Gavrinis et à l'Ile Longue. De la mer, on ne devait pas voir la propriété. Elle sentait l'euro lourd. Depuis quand y avait-il de tels palais 2.0 dans le golfe ? On se serait cru à Dubaï. Pour un peu, Nabilla allait débarquer. À part ça, divin. J'ai demandé qui était le propriétaire. Clémence ne l'avait pas rencontré :

« Un certain Duchmol. En un mot. C'est un nom allemand, je crois. De Prusse-Orientale, quelque chose comme ça. »

C'est ça, prends-moi pour un crétin. Si elle était aussi bonne à l'écran, elle allait faire un malheur. J'ai commencé à rêver d'être en effet tombé sur la nouvelle Marilyn. Je lui ai demandé si Duchmol était le producteur du film. Elle n'en avait aucune idée. Et elle s'en moquait :

« On me prête cette maison pour l'été, je ne me pose pas de questions inutiles. L'enquête, c'est votre métier à vous, non ? »

J'ai répondu que, comme journaliste, je passais plutôt pour un dilettante. Pour elle, ça tombait bien :

« On se ressemble, alors. Mon rêve, c'est de devenir célèbre, et riche si possible, en me levant à midi. »

On est allés chercher de la glace pour le rosé dans une cuisine hollywoodienne. Puis on a mis la table, sur la terrasse, sous un parasol. En deux minutes, Clémence a disposé des assiettes, des verres, des serviettes en tissu, des couverts pour servir, des soucoupes pour les sauces soja. Tout le petit jeu bourgeois classique. Puis elle a pris sa première bouchée jap avec les doigts, l'a trempée dans le nuoc-mâm et m'a adressé un sourire de sirène :

« Bon appétit, cher monsieur. Vous allez voir, c'est très bon. Ces satanées faces de citron, comme disait Buck Danny, s'y entendent comme personne pour le poisson cru. »

La Coco, soudain, je l'aurais serrée sur mon cœur. C'était un vrai cadeau qu'elle m'avait offert. J'ai transcrit la phrase sur mon carnet de notes et sorti mon iPhone. Je ne le réécoute jamais mais ça rassure les abrutis qui veulent absolument qu'on retranscrive telles quelles leurs niaiseries. Quand j'ai appuyé sur la touche enregistrement, elle a levé des yeux navrés :

« Bon, c'est fini. À partir de maintenant, je dois devenir idiote. Coco m'a donné un plan : quelques compliments sur la réalisatrice, toute mon amitié pour les autres comédiens du film, un mot soucieux sur le réchauffement climatique et, bien sûr, une pensée émue pour mes sœurs agressées sexuellement. On y va ? »

On y est allés. À sa façon : même pour réciter le catéchisme, elle trouvait une effronterie à elle. Comme ça, à la légère, elle soutenait #MeToo et, dans la foulée, se rappelait de bons souvenirs où elle avait dit non en pensant oui. Même chose pour le CO_2 qu'il fallait combattre mais pas au point d'en revenir aux étés bretons de son enfance. Un peu de canicule régulière lui convenait à merveille. Et ainsi de suite. Partout elle posait un pied léger dans le plat. Elle a passé au lance-flammes les amateurs de paddle. Elle allait tous les jours en planche à voile virer des bords au-delà de Gavrinis. Du comédien principal de son film, au passage, comme ça, sans insister, elle disait lui avoir trouvé l'adresse d'une clinique où enlever ses tatouages de kéké du 9-3 :

« C'est tellement ordinaire. Je ne sais pas : c'est comme si on se mettait à taguer les murs de cette propriété. C'est nul, non ? »

À chaque incongruité majeure, cependant, elle levait le doigt vers moi :

« Bien sûr, ça, cher monsieur, c'est off. »

Mais bien sûr, compte là-dessus. De toute façon, elle semblait s'en moquer. Au bout d'un moment, j'ai eu l'impression qu'elle me disait « Cher monsieur » sur le ton de Marilyn murmurant « Mister President ». Quand elle a demandé si je voulais un espresso avant qu'on ne pique une tête dans la piscine, j'ai regretté de n'avoir pas emporté mon maillot. À en juger par son sourire, aucune importance :

« Je peux enlever le mien, si ça vous met à l'aise. »

Et là, pour le coup, elle m'a mis très mal à l'aise. Cette gamine avait l'air aussi facile à cueillir qu'un brin de muguet. Mais, bon Dieu, elle ne devait pas avoir 20 ans. Ma fille en avait 30. Il fallait peut-être arrêter de déconner. Quand on s'engage sur une piste en pente, surtout ne pas appuyer sur l'accélérateur. J'ai prétendu devoir rendre le papier le soir même. Il était temps de rentrer à l'Ile aux Moines. Elle a soigné un sourire désolé :

« À l'Ile aux Moines ! Là-bas, j'imagine qu'on met de l'eau bénite partout. Je vais passer pour une fille perdue. »

Puis elle a haussé les épaules et, légère comme l'alouette, s'est levée pour mettre fin à l'audience. Ensuite, elle m'a raccompagné au canot. Quand je me suis éloigné de la cale, elle a juste dit « Au revoir, cher monsieur ».

5.

Marc m'a envoyé par mail les images prises huit jours plus tôt par le photographe de Coco. On se serait cru dans la villa de David Beckham sur Palm Island. Une poupée de rêve tuait le temps dans un décor pour émir balnéaire. J'ai titré le papier : « Vacances à Larmor-Bahreïn ». En surtitre, j'ai fait court : « On l'a découverte sur Netflix. Elle débute sur grand écran. Et elle en a déjà marre des rôles d'idiote. » Puis j'ai écrit au fil de la plume ce qui rendait cette gamine irrésistible. Elle s'était lâchée, j'en ai fait autant.

Priée de résumer son film, elle transformait en éclatant de rire l'histoire d'une jeune fille battue par son mec en « la série de hauts et de bas d'une ado débile qui retrouve la lumière quand elle écoute un peu mieux sa voix intérieure ». Même si elle soutenait #MeToo, elle pourrait batifoler avec un producteur « mais seulement après le tournage de mes scènes ». En tant que Bretonne, elle trouvait des vertus au réchauffement climatique et « préférait installer la clim plutôt qu'une pompe à chaleur ». Quant à son petit ami, pour l'instant c'était Netflix : « Je m'endors avec lui chaque soir. Et le matin, j'y repense avec ma meilleure copine, une planche à voile. » Une heure plus tard, les trois feuillets pliés, je les ai mailés au journal et je suis passé à autre chose.

Le jeudi matin, à sept heures, Coco m'a hurlé dessus :

« Sale con ! Tu vas me le payer. T'es pas entretenu pour faire ton malin. Votre couverture sur Emmanuel et Brigitte, vous pouvez vous la carrer où je pense. Tu bousilles cette gamine avant même qu'on lui ait donné sa chance et tu te crois super drôle… »

Et ainsi de suite. Elle avait mangé du lion. Quand l'orage a paru se calmer, je lui ai demandé depuis quand elle m'appelait, moi. D'habitude madame ne passait que par la direction du journal. Ma question l'a sortie de ses gonds. Ses rugissements ont repris de plus belle :

« Tu ne lis pas les journaux, pauvre naze ? Officiellement, je n'ai plus le droit de communiquer avec ton magazine. Ces cons de juges imaginent que je complote contre la France avec les cigales de *Scoop*. Sans ça, crois-moi, je ne m'abaisserais pas à parler avec un nobody de ton espèce. »

Ah oui, c'est vrai. J'avais oublié. Un an plus tôt, cette cinglée nous avait plongés dans une combine à Beyrouth avec Ziad Takieddine. Passer par elle pour obtenir un scoop de cette girouette levantine, je n'en étais pas revenu. Mon patron de l'époque avait pris des airs mystérieux. Nicolas Sarkozy donnait, paraît-il, son aval. Cela m'avait cloué le bec. Et tout avait évidemment foiré. Un mois plus tard, la Coco avait passé dix ou douze jours au frais à la Santé, ou ailleurs. Pendant des semaines, mon patron avait mis tous les jours son réveil à six heures moins le quart pour être habillé au cas où je ne sais plus quelle brigade sonnerait à sa porte. C'était de la grande presse et de la haute information, je ne m'en étais pas mêlé. Puis le pauvre avait été débarqué du jour au lendemain et Coco avait réapparu. Mais pas dans les bureaux importants. Elle rasait les murs, réduite aux fins de série. Moi, en l'occurrence. Et elle s'en mordait les doigts :

« Pauvre gamine. Personne ne la connaît mais elle se fout de son scénariste et de son partenaire qui, je te le signale, outre ses tatouages, a également un César du meilleur espoir. Grâce à toi, elle passe déjà pour une pétasse. Et toi, dans ton coin, tu ricanes comme dans tes petits bouquins nuls que personne ne lit. Je te jure que tu ne l'emporteras pas au paradis. »

Bon, j'arrête là. Par la force des choses car elle m'a raccroché au nez. Cela dit, Coco avait réussi son coup : je n'en menais pas large. Pendant toute la matinée, j'ai hésité à envoyer un sms à

Clémence. Quand il s'agit de tergiverser, comptez sur moi : couper les ponts et attendre au loin que la tempête s'apaise est ma spécialité. Pour entendre sa voix, j'ai juste réécouté l'entretien sur mon portable. Toujours aussi adorable. J'étais plus que jamais sous le charme. Mais, surtout, catastrophé. Finalement, laissant dans la chambre l'appareil, j'ai emmené mes petits-fils pêcher les palourdes. À 7 ans, il était temps que les héritiers de la famille apprennent à nourrir le clan en cas de guerre mondiale.

La journée y est passée. Je traînais. Au retour, sur le chemin côtier du Vran, entre les talus et les haies de broussailles et de chênes emmêlés, on y voyait à peine en plein jour. Je leur ai raconté des histoires de Chouans, on s'est fait épées et fusils avec les branches qui jonchaient le sol, on s'est offert un carnage de Bleus aventurés sur notre île… Pour une fois, Louis et Aurélien n'ont pas eu l'air de regretter la tablette de ma femme – leur doudou. Pour gagner encore du temps, une fois déposées les palourdes dans la cuisine, je les ai emmenés manger une crêpe sur le port. Tout était bon plutôt que de rentrer écouter d'éventuels messages enregistrés. J'avais bien tort de me faire des nœuds dans le cœur. Clémence avait appelé. À 15 h 48, elle était aux anges :

« Salut, monsieur. C'est Clémence. Juste un mot pour vous dire merci. Ce matin, j'ai forwardé votre papier sur Insta. En cinq heures, je suis passée de 41 000 followers à 196 000. Tel que c'est parti, je serai en lice pour le César de la fille la plus cool du cinéma français. Il faut que vous me disiez si vous préférez une boîte de cigares, une bouteille de whisky, un stylo à plume, un missel ou un K-Way. Ou une eau de toilette si vous me dites votre préférée. Quelque chose, en tout cas. Je veux absolument vous faire un cadeau. Je l'apporterai moi-même à l'Ile aux Moines. Il paraît que vous avez la maison la plus vieille de l'île. J'aimerais vraiment la voir. Comme vous l'avez peut-être compris, j'adore les choses précieuses un peu délabrées. Bon, là-dessus, monsieur, je vous embrasse, je retourne lire mes compliments sur Insta. »

Sa voix adolescente, souriante, fraîche et voilée était toujours aussi engageante. Elle ne m'en voulait pas. J'étais aux anges. Coco pouvait aller se faire voir. Et deux fois car, pendant que j'écoutais le premier message, Clémence en a déposé un second :

« Au fait, je vous préviens, Corinne Content est furieuse. Elle vous a maudit ce matin au téléphone. Elle dit que *Scoop* n'est plus qu'un Ehpad. Il faut dire qu'entre Catherine Deneuve, Michel Drucker, Gorbatchev et Line Renaud, on se demande comment j'ai échoué sur ce radeau de la Méduse. Du coup, j'ai regardé votre fiche Wikipédia. Vous avez 61 ans, ça m'a rassurée. Surtout que je vous donnais beaucoup moins. Sincèrement, pas plus de 59. Je blague. Bon, je vous laisse. J'espère que vous dansez le rock. On va faire une fête pour la sortie du film. Je demanderai à Corinne de vous inviter. Elle s'en fera sûrement une joie. À bientôt. »

6.

La danse, c'est comme le vélo ou le ski. Ça ne s'oublie pas. Avec ma fille ado, on a gagné deux fois le concours de rock dans la salle Saint-Louis que le recteur prêtait aux fêtards de l'île. Elle pesait le poids d'une plume, on s'était même offert des passes acrobatiques. J'étais encore capable d'en enchaîner trois ou quatre plus classiques. De là à regagner Paris en pleine canicule de juillet pour endurer une soirée du show-biz, il y avait un gouffre. Coco et elle n'avaient pas fini de m'attendre. Pas question de remettre un orteil dans la rubrique people. Obtenir une interview d'Emmanuel Macron demande des semaines mais relève du journalisme. Arracher trois photos et un quart d'heure d'entretien avec Isabelle Adjani exige une agrégation en relations internationales, une provision alarmante de calmants et une absence totale d'amour-propre. Les questions sont suggérées à l'avance, les réponses relues et estompées quatre fois, les titres soumis à l'imprimatur. Je n'avais plus l'âge. La parenthèse Clémence Moncœur s'apparentait à un miracle mais on ne m'y reprendrait pas. Je ne supporte plus ces mini-stars françaises qui fuient la lumière mais ne daignent pas rester dans l'ombre. Les pages people, une quinzaine sur cent vingt, sont le supplice de *Scoop*.

Dieu sait pourtant que j'adore mon journal. À mon arrivée, il appartenait à un aventurier romantique qui n'aimait que la photo, l'art moderne, la chanson et les femmes. Avant de s'offrir *Scoop*, il avait fait fortune en lançant des magazines de pop-musique et de cul. Il collectionnait les maîtresses, les enfants, les tableaux surréalistes et les vacances dans des lieux de rêve. Jamais vous ne l'auriez vu à un pince-fesses de l'Élysée ou de Matignon. Pour ces corvées, il avait engagé un copain, Gonzague, aristo, érudit et grand amateur de dorures présidentielles. Notre patron, lui, vivait autant à New York qu'à Paris. Il ne se manifestait au journal que pour se féliciter de nos incongruités. François Mitterrand sur son lit de mort, Mazarine en couverture, tout ce qui indignait les Tartuffe le mettait en joie. Ne le croisant que trente secondes deux fois par an, je croyais qu'il ignorait tout de moi – jusqu'à ce que je découvre qu'il marivaudait avec ma secrétaire. Résultat : il connaissait toutes mes marottes et n'y attachait aucune importance. Que mes articles prennent la défense de Cesare Battisti, prônent l'entrée de la Turquie en Europe ou se moquent de l'intégrisme laïc qui entend régenter jusqu'à la tenue des musulmanes françaises le faisait rigoler. Il acceptait même sans plainte mes chroniques répétées contre le nucléaire civil qui lui valaient pourtant des lettres indignées d'EDF, un gros annonceur. Son journal pouvait tout me demander. Par chance, personne n'y songeait. J'étais leur petite plume savante. Un spécialiste de Byzance, de Versailles ou de Barbey d'Aurevilly. Ne connaissant rien au monde littéraire, ils m'y attribuaient un recoin stratégique que personne dans les Lettres n'a jamais songé à m'accorder. Du moment que je rendais mes chroniques à l'heure, on me fichait une paix royale. J'imagine que personne ne les lisait, mais peu importe. On m'épargnait les pages people. Peut-être par prudence : les rares fois où j'intervenais, mon ton ne convenait guère.

Bref, je n'envisageais pas une seconde de rentrer à Paris pour la fiesta de Clémence. Embusqué sur l'île grâce au Covid qui repointait la tête, rien n'allait m'en faire bouger. Dieu sait pourtant que j'ai pesté contre le télétravail dans la presse. On se parle en Zoom. Il est impossible de s'interrompre, de se moquer, de tourner les projets idiots en ridicule, de suggérer quoi que ce soit d'imprévu, de changer d'avis, de se mêler des papiers des autres, d'attraper au vol une idée pour la glisser au copain qui en ferait le miel de son article… Au lieu de s'interpeller, de suggérer à voix basse ou haute et d'argumenter, on fixe un sommaire, on s'y tient par politesse et chacun travaille de son côté. Résultat : les journaux sont moins bons et les lecteurs, de toute manière, ne vont plus au kiosque. Pour une fois, cela dit, ce fléau m'arrangeait. Depuis mon enfance, quand les vacances duraient du 21 juin au 21 septembre, l'Ile aux Moines ne m'avait plus vu si longtemps l'été. Première à Paris ou pas, j'allais coller à mon rocher comme un chapeau chinois. Merci le télétravail. Sauf que là, surprise, quarante-huit heures plus tard, un sms a changé mes plans.

7.

Comme ça, du jour au lendemain, sans prévenir, ni raison avouable, la direction du journal avait licencié Jérôme Billard, le chef du service politique, lui aussi rédacteur en chef. Avant, la formule répétait qu'il était très difficile pour un journaliste d'entrer à *Scoop* et impossible d'en partir. Trop cool, trop amusant, trop facile à faire, trop agréable à lire et, pour finir, quand on y était, délicieux à vivre. Les autres titres ne voulaient pas de fainéants – ce qu'on était à leurs yeux –, et tant mieux pour nous. Quant à la direction de l'époque, elle ignorait les manières néolithiques du capitalisme américain. *Scoop* ne licenciait jamais ; au pire, on vous oubliait. Malheureusement, en 2022, nous n'en étions plus là. Édith, la nouvelle directrice, une ancienne chargée de pub, avait appelé Jérôme dans son bureau pour lui dire qu'entre le journal et lui, c'était fini et bye-bye. Motif officiel : il consacrait trop de temps à la télévision. Motif réel : incompatibilité d'humeur. Le rendez-vous avait duré cinq minutes. À peine sorti dans le couloir, encore assommé par la nouvelle, il avait été alpagué par le directeur du personnel posté en sentinelle dont la première et seule phrase avait été : « Donne-moi le nom de ton avocat. » Comme si chaque journaliste avait un avocat sous la manche !

Je suis tombé des nues. À *Scoop*, tout le monde aimait Jérôme. Cool, efficace, bien élevé, un sourire collé aux lèvres, c'était en prime le plus beau garçon de la bande. De la maquette au secrétariat de rédaction, les filles en raffolaient. Avec ça, compétent : au *Parisien*, au *Journal du dimanche*, au *Figaro*, ailleurs encore, il ne s'était occupé que de politique depuis vingt-cinq ans. Le nom des lointains secrétaires d'État de Pierre Messmer, les hauts et les bas de l'affaire Greenpeace, les mystères du Parquet national financier, il nageait dans ces eaux profondes comme moi dans le golfe. Télégénique comme lui seul, il était en plus à demeure sur les plateaux télé, parfaite image de sérieux pour *Scoop* qui passe souvent pour léger aux yeux des pontes qui s'écoutent parler.

Au fond, il n'avait qu'une faiblesse : supporter mal Édith, la nouvelle directrice. Après avoir fait une cour assidue à son prédécesseur, elle avait bondi sur son siège quand le scoop libanais de Coco avait tourné à la tragi-comédie. Depuis, elle recevait des ordres venus d'on ne sait où et les imposait sans nuances. Ses rapports avec Jérôme étaient exécrables. On les entendait crier dans le couloir. Je ne m'en mêlais surtout pas. Moi, ce que je reprochais par-dessus tout à Édith, c'était ses Birkenstock. Une directrice de *Scoop* avec ces godillots teutons, c'était au-dessus de mes forces. Ses robes n'arrangeaient rien. Des espèces de toges trop larges. De dos, on aurait dit une baba cool. De face, grande et costaude mais blonde aux yeux bleus, elle redevenait très jolie dans le genre allemand. Et dès qu'elle ouvrait le bec : allemand autoritaire. J'exagère. Il lui arrivait de sourire. Si nécessaire, elle pouvait même être charmante.

8.

Ça n'a pas manqué : la société des journalistes a battu le rappel. Tous les 36 du mois, elle se posait des questions sur tel ou tel sujet anodin, flairait des arrière-pensées mal intentionnées derrière un reportage lambda, jugeait complaisants certains entretiens… De vrais castors, toujours à dresser des barrages imaginaires. Au bout du bout, son « bureau » obtenait à l'occasion l'intégration de quelques pigistes. À force de tripoter sa déontologie, il nous avait en prime dotés d'une charte éthique. Plusieurs articles spécifiaient que la rédaction ne devait jamais accepter de cadeaux de la part des gens dont parlaient nos articles. Même les invitations à déjeuner posaient problème. Personne n'en tenait compte.

À sa création, vingt ans plus tôt, ce fameux « bureau » n'avait pas voulu de moi. Déjà rédacteur en chef, j'étais de l'autre bord. Cela dit, depuis le temps, j'avais retrouvé la cote. Ils avaient compris que je me ferais couper un doigt plutôt que de devenir directeur du journal. L'idée d'inviter à déjeuner Lætitia Hallyday, de passer des coups de fil serviles à Alain Delon, de manger dans la main de Coco Contexte et de m'aplatir devant toutes les vanités usurpées susceptibles de faire une couverture était au-dessus de mes forces. Je relisais les papiers de la rédaction sans chipoter sur chaque terme, je trouvais des titres marrants, je faisais mon intéressant en conférence de direction, j'écrivais ma chronique dans mon coin, basta. Pour finir, ne mettant jamais un orteil à la cantine, je ne connaissais pas grand monde. Me rappeler tous leurs prénoms était au-delà de mes compétences. Du coup, j'appelais les filles « ma puce » et les garçons « mon pote ». Ça me classait « vieux schnock » mais on me le pardonnait : je faisais partie des meubles. La preuve : Monica, l'ancienne présidente de la SDJ, m'a appelé. Trois fois dans la même journée. Elle me harcelait pour que je rentre à Paris. À l'entendre, l'atmosphère au journal devenait « nauséabonde ». Encore un terme grotesque que j'adore. Tu sens que la bête immonde va passer un sale quart d'heure dont elle ne se rendra même pas compte. Mais Monica était formelle :

« Tu es là depuis trente ans, ton avis compte. Tout compte fait, les gens t'aiment bien. Et puis pas question qu'on se retrouve tous en Zoom.

Il faut qu'un maximum d'entre nous soit là. En présentiel. »

En présentiel ! Je comprends qu'ils ne l'aient pas prise à *Vanity Fair*, le rêve de sa vie. J'ai juste rappelé qu'on était en juillet. Il n'y aurait personne. Elle n'a rien voulu entendre :

« C'est la mobilisation générale. Et ne me raconte pas que l'Ile aux Moines est aux Seychelles. Tu nous as expliqué cent fois que, porte à porte, tu y étais en quatre heures. »

Mes mensonges ! Rien que d'aller à Montparnasse prenait deux heures. Une heure depuis Bastille pour le 91 qui se traîne, une demi-heure devant la porte à me dire que je pars quand même trop tôt, une bonne demi-heure à attendre sur les quais que Sa Majesté la SNCF daigne approcher ses wagons. Comme aventurier, je me pose là, je n'ai jamais attrapé un train au vol. Ne parlons pas des avions : ils sont toujours au décollage à Paris quand je les attends déjà à Fiumicino. Un jour, à la sortie d'un de mes romans, *Le Figaro Magazine* m'avait présenté comme « grand reporter ». Monica en rit encore. C'est une moqueuse.

Contrairement à moi, elle n'aime que les sujets people. Attention : pas le menu fretin. Elle ignore les acteurs de téléfilm, les vedettes du second rayon, les rappeurs, le théâtre de boulevard… Madame réserve son talent à Mick Jagger, à São Schlumberger, à Léa Seydoux, au Tout-New York, à Porto Cervo, à l'extrême rigueur à l'île de Ré. Dans le Grand Robert, sous la définition du mot « snob », ils ont mis sa photo. Et une seconde sous celui de « gauche caviar ». Karl (Lagerfeld, bien sûr) est son Dieu. Elle ne connaît le peuple que par ouï-dire mais Nicolas Sarkozy la sort de ses gonds et les malheurs de François Fillon la portent aux nues. Une vraie tricoteuse en blouson Balenciaga, plus « salon » que « cellule ». Cela dit, une fois à son clavier d'ordinateur, l'ironie scintille. C'est elle qui a rebaptisé BHL Bernard-Henri Libye. Pour le marier ensuite à Arielle Donbass – que, par ailleurs, elle adore. Impossible pour elle de résister à une bonne formule. Même Buckingham, son nirvana, fait les frais de son ironie. La cohérence n'est pas son fort. Parfois, ça nous est utile. Pour les dix ans du règne de Mohammed VI, notre ancien patron avait choisi de l'envoyer couvrir au Maroc les cérémonies. En conférence de direction, je m'étais récrié :

« Tu pousses des plaintes d'agneau pascal quand tu lis ses papiers sur la reine Élisabeth et tu lui offres Mohammed VI sur un plateau. Elle va se régaler avec ce rahat loukoum. Le papier sera impubliable. »

Olivier, qui prévoyait un tirage spécial Maghreb, avait haussé les épaules :

« Ils vont la loger dans un palace, mettre un chauffeur à sa disposition et lui prodiguer trois caresses. Elle va planer sur un tapis volant.

Qu'est-ce que tu paries qu'à l'arrivée, on pataugera dans les sucreries ? »

J'avais bien fait de ne pas relever le défi. À lire l'article, on se serait cru au jubilé du roi de Norvège. Un souverain débonnaire veillait au bonheur d'un peuple prospère. C'était tellement énorme qu'on avait dû nous-mêmes poivrer la semoule. Olivier jubilait. Ensuite, pendant les deux ans de sa présidence de la SDJ, dès que Monica posait des questions sur un article politique jugé complaisant, il lui ressortait sa guimauve chérifienne. À l'élection suivante, elle avait été balayée. Mais six ou sept ans s'étaient passés depuis. La SDJ avait pardonné et Madame avait retrouvé des crocs. C'est plus fort qu'elle, il faut qu'elle attire l'attention : elle était déchaînée. Le journal était en danger. Son plus ancien rédacteur en chef devait rentrer. Qu'est-ce qui m'a pris de dire oui ? Je me moquais complètement de ces histoires. Mais elle, je l'aimais bien. Brune, de longs cheveux bouclés, un petit air de Claudia Cardinale, une vivacité à la Dorothy Parker, elle donnait un air de vacances à la vie du journal. J'avais été un peu amoureux d'elle. En tout bien tout honneur. Je ne lui refusais jamais rien. J'ai cédé.

9.

Kergantelec, la maison, tremble un peu quand Louis et Aurélien galopent dans les escaliers mais, cachées sous un épais manteau de lierre, ses ruines tiennent bon. Les journées de juillet s'annonçaient calmes et recueillies comme au XVIIe siècle, date de sa construction en 1633, sous le gouvernement du pénible Richelieu. Rien à voir avec le permanent qui-vive parisien. Je n'avais qu'une envie : ne pas bouger. Sauf qu'une fois de plus, je n'avais pas osé prononcer le mot « non ». Résultat : j'allais me cogner l'alerte générale de la SDJ puis, tant qu'à rentrer à Paris, la soirée de Clémence. Au fond, je ressemble à Rimbaud : tout le monde m'emmerde. Déprimé, j'ai attrapé au vol mes deux petits-fils qui montaient, misérables, faire la sieste dans leur chambre. On a saisi seaux et râteaux et je les ai à nouveau emmenés au Vran. Ça devenait une habitude mais, à cet âge, tout vaut mieux qu'hiberner en plein jour.

« On part à la chasse, a proclamé Aurélien, 5 ans.

— Ce que tu peux être bête, a protesté Louis, 7 ans, on va à la pêche. »

La mer était basse, on a observé les zones de vase où picoraient les mouettes et, en vrais hommes durs comme le cuir, on s'est occupés de ramener un repas aux femmes. Repérer les petits trous de respiration, gratter le sable, faire main basse sur coques ou palourdes et féliciter mes deux vaillants pêcheurs… Pour finir, trempés et couverts de vase. L'après-midi m'a réconcilié avec l'existence. Du moins jusqu'à ce que je réserve mon retour Vannes-Paris. Quelques places restaient pour dimanche soir sur le site SNCF Connect. Une vraie galère. C'est fou le nombre de précipices qu'Internet creuse à nos pieds. Mon taux d'adrénaline est reparti à la hausse. Le nouveau monde me déplaît.

Cela dit, l'ancien m'énerve aussi. Qu'est-ce qui m'a pris d'acheter le dernier livre d'Annie Ernaux à la gare ? Il y a des années que ses textes m'ennuient. Jamais une trace d'ironie. Dans une page d'un ancien titre, paniquée par la perte d'une lentille, elle l'avait retrouvée sur le sexe de son jules. C'est la seule fois où j'ai ri. Pas elle. Enfin, même si ce fut l'heure la plus longue de la semaine, ça n'a duré que quelques dizaines de minutes. Son livre faisait quarante pages. Elle aussi, elle fatiguait. Songer qu'elle vend ses platitudes par dizaines de milliers. Heureusement, j'avais aussi pris le dernier *Historia*.

Ainsi que *Gala* qui présentait Clémence en couverture. Première nouvelle : son secret de beauté, c'était le yoga. Et l'autre banane avait reproduit le propos. J'entendais d'ici le rire de la gamine.

Rien à signaler à propos du bouclage. Un lundi ordinaire. Lecture des articles commandés, choix des photos du numéro avec Édith, Marc, le directeur artistique, et cinq ou six figurants, long déjeuner au Iolanda (pour éviter l'Eiffel Café, juste en face, où la direction se retrouve – sans moi), titrage des sujets, correction des papiers, choix de la couverture, bagarre habituelle à propos des formules qui attireront l'œil en kiosque. La tension est un peu montée. Patrick Bruel avait accepté une séance de photos en Suisse où il suivait une cure pour perdre dix kilos. Sauf qu'évoquer ce régime était interdit. Quant à sa nouvelle compagne, elle ne devait surtout pas apparaître. Monsieur n'était marié qu'à son public. J'en tenais plutôt pour Poutine, un autre gros – gros dur, en fait. Son inquiétante voix en sourdine l'a emporté sur les vocalises éraillées de Bruel.

Tout cela rythmé par quinze ou vingt traversées de la rédaction à peu près vide. Les génies de l'intendance m'ont installé à l'extrémité du journal, à cent mètres de la maquette où il faut en permanence aller raccourcir un surtitre, allonger une légende, trancher entre les indications d'un photographe et les intuitions d'une maquettiste… Je ne me plains pas, c'est ma seule séance de sport hebdomadaire. Dire que trente ans plus tôt, à mon arrivée, on se bousculait dans les couloirs. Les soirs de bouclage attiraient carrément la foule. Un buffet somptueux aimantait même des inconnus. À l'époque, nous étions sur les Champs-Élysées. Un autre monde. Depuis, l'administration a serré les cordons, nous a déportés à Bir-Hakeim, dans une tour du Front de Seine où on s'entasse sur deux étages, même pas en hauteur, juste au-dessus des parkings. Du coup, les journalistes la jouent « en état d'alerte à la maison » derrière ordinateurs portables et smartphones. Les déplacer jusqu'au journal exige une mobilisation générale. Justement, la spécialité de la SDJ. Toute la journée, du secrétariat de rédaction au rewriting, les exaltés ont battu le rappel au téléphone pour rameuter les foules le lendemain.

10.

Miracle : les troupes sont apparues. D'un coup. Comme les jonquilles en mars. D'un jour sur l'autre, un journal surdimensionné se révélait étriqué. Même des pigistes imperceptibles avaient fait le déplacement. Le sort de Jérôme avait tourné les sangs de tous. Comme quoi, le charme et la gentillesse payent. La preuve : on est tombés des nues quand on a appris que, le même jour, ils avaient aussi licencié une comptable présente depuis vingt ans. Personne ne s'en était aperçu. Ni ému. À peine son cas évoqué un quart de seconde, la SDJ est passée à la suite. Personne n'est revenu sur son sort. Elle comptait pour du beurre. Je passe sur ce cas embarrassant de lutte des classes.

Dans la salle de conférences, on s'entassait. Ce que je faisais là, mystère. Je n'ai jamais participé à une manif de ma vie. Même lycéen, en prépa, à Janson-de-Sailly, les jours de mobilisation contre je ne sais quelle loi scolaire, je partais me promener au Louvre. Une autre fois, j'étais allé voir un film à Saint-Germain-des-Prés. Je me rappelle son titre : *What*, un Polanski. Sydne Rome apparaissait toute nue dans une mirobolante villa italienne au-dessus de la Méditerranée. Excellent souvenir.

Le cas de Jérôme n'est pas apparu d'emblée. On a d'abord eu droit à la ritournelle sur la ligne éditoriale du journal. Elle tirait parfois du côté de *Valeurs actuelles*. Un très mauvais signe. Apparemment, il ajoutait au désarroi de certains. Ce n'était pas le moment de la ramener. Un rédacteur en chef, même décoratif, est forcément complice. Je me suis fait tout petit et suis parti chercher quatre espressos sur un petit plateau. Avec sucre en sachets et petites cuillers en bois. Je sais vivre. Cette attention m'a valu des sourires. Le service photo s'est emparé des quatre, y compris le mien, mais m'a accordé une place sur les rangements qui bordaient la pièce. Au moins, j'étais assis. Et en hauteur. Avec vue sur la Seine qui s'écoulait à nos pieds, sur le pont de Grenelle et, au loin, sur le quai Louis Blériot où j'ai vécu de ma naissance à 20 ans. Depuis notre déménagement sur le Front de Seine, le matin, en sortant du métro Bir-Hakeim, je retrouvais les terres de mon enfance. Le stade Dupleix et la piscine Keller où Saint-Jean nous emmenait chaque semaine étaient à deux pas. Un vrai dopant. Je ne pensais plus à la retraite.

On était passés aux risques psycho-sociaux. Je n'ai pas osé demander de quoi il s'agissait. Une chose est sûre : ils montaient. Et frappaient aussi bien les collaborateurs permanents que les pigistes occasionnels. Que faire ? En tout cas, un communiqué. Très remontée contre le travail de nuit les soirs de bouclage, une fille de la doc a promis de s'en charger. Elle a pris en notes quelques remarques venues de gauche et de droite. J'étais dans mon élément : attendre. Je regardais les péniches. Précision : je n'étais pas le seul distrait. La moitié des participants consultaient leur portable ou pianotaient sur leur clavier. Je ne me sers jamais du mien et là, ça commençait à faire « vieille école ». J'allais passer pour un dinosaure assoupi. Il fallait vraiment que je le consulte. J'ai regardé les photos de Louis et Aurélien sur WhatsApp. Mieux encore : j'ai trouvé quelque chose à écrire. Un mot à Clémence :

« Suis rentré à Paris. Ok pour un café à l'Élysée ? »

Qu'est-ce qui m'a pris ? La réponse est arrivée sur-le-champ :

« Dîner ce soir avec Coco et le producteur du film. Atroce. J'annonce la venue de Monsieur. Trop bien !!! Merci. »

Je cherchais un prétexte pour échapper à la convocation quand Laurence Sauret, déléguée SNJ et nouvelle présidente de la SDJ, a réclamé le calme. Pendant quinze ans, journaliste, elle était passée comme une ombre dans la rédaction. Dès qu'on lui confiait un sujet, elle levait au plafond des yeux accablés d'ennui, trouvait mille objections à l'enquête, prétendait que les sources refusaient de s'exprimer et partait comme pour l'abattoir. Si on lui demandait quatre feuillets, elle en rendait quatre, à la ligne près. Depuis son élection, elle avait découvert la passion au travail. Elle suivait des cours de droit, ne manquait aucune réunion syndicale, animait je ne sais combien de comités. Pour ses communiqués, son stylo versait par litres l'encre qu'il lâchait en centilitres pour ses papiers. Avec sa longue coiffure blonde, ses tailleurs façon Chanel, ses chaussures à talons et une énergie inépuisable, elle avait l'air d'une femme d'affaires dans un film américain. On sentait la négociatrice épuisante qui ne lâcherait jamais aucune de ses réclamations. Avait-elle déjà obtenu grand-chose ? Pas sûr. Mais, transformé en lanière, son poil dans la main faisait forcément perdre des heures à la direction. Rien que pour ça, on l'avait réélue à l'unanimité, ou presque. Moi le premier. Une syndicaliste est là pour emmerder le monde, non ?

Sa tentative de glisser #MeToo sur la table n'a pas suscité beaucoup d'écho. La pauvre Laurence n'avait rien à se mettre sous la dent. La nouvelle patronne de *Scoop* est une femme, la PDG du groupe aussi et les journalistes femmes sont trois fois plus nombreuses que les hommes. À tout hasard, elle a placé la conversation sur les salaires. Étaient-ils égaux ? Pas sûr dans un titre où les plus anciens étaient surtout des hommes. De là à ce qu'on fasse des comparaisons, Dieu merci, la marche était trop haute. Les filles ne souhaitaient pas plus que les garçons révéler le leur. Un peu découragée, Laurence a juste appelé à la plus grande vigilance. Il fallait absolument signaler les comportements équivoques.

« Même ceux des femmes ? a demandé un des plus anciens photographes du journal.

— Explique-toi », a lancé Laurence.

Cela remontait à dix bonnes années. À l'époque, les pages people dépendaient de Sandrine Charuel. Un vrai numéro. Une fille de Nice, avec l'accent, un franc-parler digne de Coco et un gros appétit. Envoyée couvrir la Coupe du monde de rugby en Afrique du Sud, elle prétendait avoir testé toute l'équipe de France. Plus tard, elle avait jeté son dévolu sur le photographe le plus talentueux du moment et le plus beau, Jules Dupré, un très jeune type. Jeanne Moreau et toute une pléiade d'actrices et de chanteuses ne voulaient poser que pour lui. Sandrine, qui ne l'appelait que « mon Jules », exigeait qu'il la raccompagne le soir, qu'il dîne, qu'il dorme chez elle. Tout le monde trouvait ça drôle, sauf lui. Il a fini par s'installer à Los Angeles. À l'époque, ça n'avait pas soulevé de vagues. Laurence en avait assez entendu. C'était de l'histoire ancienne. Dupré n'avait pas porté plainte. Et Sandrine avait disparu des radars. Pour les comportements masculins douteux, en revanche, la prescription ne s'appliquerait évidemment pas.

Quand elle a enfin mis la conversation sur le sort de Jérôme, Laurence a d'abord résumé ce qu'elle savait : rien de neuf. Mais, là encore, il fallait un communiqué. Pour poser « les » questions. Lesquelles, d'ailleurs ? On avait déjà toutes les réponses. Dans un brouhaha complet, tout le monde a admis qu'il avait payé pour sa renommée dans Paris. Il faisait de l'ombre à Édith, hantée par l'idée qu'on voulait prendre sa place. Quant à exiger son retour, impossible. Jérôme avait négocié de bonnes indemnités. Ne restait qu'à mettre aux voix la rédaction d'une motion de défiance. Question : fallait-il y évoquer Vincent Bolloré ?

Dans les couloirs de *Scoop*, on se signait en parlant de lui. C'était Satan. Héritier d'une papeterie en quasi faillite, il avait bâti un groupe multinational. Il prospérait dans la finance, le commerce naval, les batteries électriques, les films plastique, la pub, la presse, l'édition, ailleurs encore. Un vrai corsaire. Il n'avait cessé de s'emparer de ses proies à la hussarde, changeait de camp sans préavis, soutenait l'un, puis l'autre. Le tout avec un éternel sourire de play-boy carnassier aux lèvres. Il avait l'air et la silhouette d'une pub pour Philip Morris. Juré du prix Bretagne, je l'avais croisé quatre ou cinq fois quand il était venu lui-même remettre un chèque au lauréat. Parfois il nous recevait dans son restaurant personnel, au dixième étage d'un immeuble face à l'Arc de triomphe. On y avait aménagé un petit parc suspendu, genre Babylone. J'imagine qu'il n'avait aucune idée de qui j'étais mais il vous serrait la main en vieux copain. Pour un spécimen achevé de capitaliste, je le trouvais très sympathique. Cela dit, dès qu'on prononce son nom, un parfum de 1793 flotte dans les parages. Or Satan pointait sa fourche sur nous. Dans la salle, tous sifflaient la même note : une menace gravissime planait sur l'indépendance du journal.

L'indépendance des journaux ! Je n'ai aucune idée originale sur le sujet. Toute ma carrière, j'ai vu à l'œuvre l'autocensure des journalistes ménageant leurs relations, leurs sources, leurs convictions ou leurs calculs. La censure, elle, je ne l'ai jamais rencontrée. Cent fois j'ai allumé des films dont la vedette faisait la couverture du journal ou démoli des auteurs pompeux auxquels je demanderais moi-même plus tard un texte. On ne m'a jamais renvoyé à la figure mes lubies. Du moment que je pouvais céder à mes fantaisies, je ne m'opposais pas à ce que les propriétaires aient les leurs. Tant qu'on ne publiait pas le *Dictionnaire amoureux de Vichy*, à peu près tout m'allait. Bolloré n'en était pas là. Et puis ces capitalistes ne sont pas si amoraux. La Bourse ne parle que d'obligations, d'intérêts et de valeurs. Ils ont quand même un peu de vertu.

Inutile de dire que j'ai gardé cette sagesse pour moi. La foule grondait : Bolloré se mêlait de tout, Bolloré faisait tomber les têtes à Canal, chez Fayard et partout où sa main posait le pied. Monica s'en est mêlée : incroyable mais vrai, Bolloré avait un confesseur. Avec elle, cela ne manque jamais : l'affirmation est énorme. Une aumônerie au CAC 40, c'était trop beau pour être vrai. Cela dit, un mois plus tôt, Édith avait imposé la présence en couverture d'un cardinal chinois dont ni nous, ni aucun de nos lecteurs n'avaient jamais entendu parler. Il y avait anguille sous roche. Bolloré n'allait faire qu'une bouchée de notre propriétaire. C'était grave. Mais il y avait plus grave encore : grignotant le capital brin par brin et négociant sans fin avec Bruxelles, il laissait planer un doute sur la possibilité pour les partants de réclamer des indemnités. Le jour où il serait officiellement notre propriétaire, il pourrait prouver qu'il l'était de longue date et que la ligne du journal n'avait pas changé. Ça, ça hérissait le poil. De tout le monde. Et d'abord le mien. J'avais de gros travaux en vue à Kergantelec. L'esprit déjà à mes devis, j'ai été interpellé par Laurence :

« Gilles, tu déjeunes avec la direction. Qu'est-ce que tu sais ? »

Primo, j'évite par tous les moyens de déjeuner avec la direction. Les jours de bouclage, j'invite toujours quelqu'un au Iolanda, face à l'Eiffel Café, de l'autre côté de la rue, où Édith assouvit sa cour. Secundo, celle-ci ne me tenait au courant de rien. Tertio, je m'en fichais complètement. Tout ce que je sais faire, c'est regarder et attendre.

Éventuellement commenter. Et, sur ce sujet comme sur tous les autres, mes idées évoluent. Le dernier qui parle me convainc facilement. En tout cas pour un temps. J'ai juste répondu qu'en l'état actuel, mieux valait ne pas tout mélanger. Qu'on s'en tienne à la protestation contre le départ de Jérôme. Juste un communiqué. Pas de motion de défiance, encore moins de grève. Inutile de griller toutes nos cartouches. Mieux valait faire monter la pression. Un peu de lâcheté, il n'y a que ça de vrai. L'assemblée a adopté ce point de vue. Trois bonnes âmes du service politique se sont chargées de rédiger le texte. Jérôme était leur patron et leur ami. J'ai filé.

Quand même, cette histoire de confesseur, c'était beau comme l'Antique. Catholiques, on l'est tous. Moi le premier. Mais pieux ! Ça devient aussi rare que les clous de la Croix. Un spécimen pareil, ça vaut le détour. Cela dit, comme le serinait la SDJ, « vigilance, vigilance ». Encore un terme qui n'engage à rien. J'adore ça.

11.

Je ne suis pas repassé par la maison. Élisabeth, ma femme, était restée à l'Ile aux Moines avec Louis et Aurélien. Depuis leur naissance, madame était devenue grand-mère à temps complet. À 55 ans, elle avait trouvé sa vocation. Songer que dans les premiers mois de notre vie commune, on faisait l'amour tous les jours, matin et soir. Le lit, le canapé, la baignoire, les tables, la moquette… On avait tout testé. Même la réserve pour documentation de son agence de voyages. Rien à voir avec Capoue. Une pile de catalogues Jet tours m'avait à moitié assommé. Plus tard, on avait opté pour un rythme hebdomadaire. Puis on était passés aux étreintes balnéaires, lors des vacances. À présent, une tendresse fraternelle nous unissait comme les doigts de la main. Je ne pouvais pas m'élargir plus le cœur : la vie sans elle était tout bonnement impensable. Mais sa présence ne me manquait pas. En temps normal, j'aurais passé une soirée calme et recueillie comme au XVIIIe siècle : le journal de 20 heures de TF1, une petite piqûre de Cyril Hanouna histoire de me fouetter les neurones puis un pot d'œufs de saumon ou un œuf en gelée, une barquette de framboises et un livre. Et, à deux heures du matin, bonsoir. Sauf que Clémence ne m'avait pas lâché. Son dernier sms parlait en maître :

« Rendez-vous à 21 heures au Bonnie. C'est la nouvelle brasserie à la mode. Vous aurez tout Paris (et moi) à vos pieds, monsieur. Coco a dit 21 heures. On ne discute pas. »

Ça m'arrangeait. C'était à deux pas de la Bastille où j'habite. Tant qu'à être de corvée, autant gagner à pied ce nouvel abreuvoir ouvert quinze jours plus tôt dans l'ancienne préfecture de Paris. On en parlait dans tous les journaux. Bonne surprise : de la rue, on ne voyait plus ce bâtiment hideux, énorme parallélépipède de béton, genre Berlin-Est. L'architecte avait remplacé l'esplanade à vent par un cloître dont les voûtes arrondies, douces et basses entouraient un jardin – pour l'instant quelques balais prometteurs sur une gaze d'herbe. Le chef, lui, avait installé sa « brasserie » au huitième étage. Dès le rez-de-chaussée, on était fixé sur la nature de sa clientèle : j'ai pris l'ascenseur avec Kim Kardashian. Ou plutôt, j'ai attendu trois minutes qu'elle monte seule avec ses deux gardes du corps et que la cabine asphyxiée de Guerlain redescende ramasser la plèbe.

Un seul mot : spectaculaire. Dès l'arrivée à l'étage, tout Paris s'étendait à nos pieds. Encore plein jour. Et le décor était aussi haut perché : moquette psychédélique, de l'acier partout, des miroirs au sol, au plafond et sur les pans de murs. Les sixties revues et corrigées par le décorateur fou des films Marvel. Pour une fois, j'étais le dernier. Ça ne m'arrive jamais. Clémence, Coco et leur mogul sirotaient du champagne au bar. Clémence, tout sourires, m'a fait une petite révérence, puis une bise au coin des lèvres. Elle portait une mini-jupe bouffante rose et un bustier noir en dentelle. Avec la perruque noire d'Uma Thurman dans *Pulp Fiction* et ses ballerines vernies, on aurait dit une lolita d'Harajuku. Adorable. Dans le même registre mais troisième âge, Coco avait enfilé une sorte de kimono vert à paillettes. Le genre de truc baroque qui attire un œil navré. Comme d'habitude quand elle s'habille, elle avait tout faux. Le producteur, un certain Frédéric, était en producteur : chemise blanche aux manches retroussées, pantalon beige et pieds nus dans ses mocassins en daim. Avec, en prime, un physique d'acteur. Le temps que j'accommode, trois secondes pas plus, Coco m'a sauté dessus :

« Ils ont donné notre table sur la terrasse à Bruno Le Maire et son cabinet. J'ai dit qu'on attendait le rédacteur en chef de *Scoop*. Ils vont nous trouver une place. »

Mais quelle plaie, cette souris ! J'ai horreur de ces procédés de nouveau riche. Je l'ai ramenée sur terre :

« Merci. C'est ce que je ne fais jamais. *Scoop* n'est pas à mon service, et au tien encore moins. Reste normale cinq minutes. Tu fréquentes trop l'Élysée. »

Elle avait dû faire tout un numéro. Un beau mec col de chemise ouvert mais en costume est venu vers nous :

« Salut, Gilles. Ravi de faire votre connaissance. Édith est une vieille copine. Dans dix minutes, vous aurez une table. Ou alors, il faut balancer Kardashian par-dessus bord, mais je n'ose pas. »

Dix minutes à planter le poireau devant tout le monde. C'était le pompon. Mais il était sympathique et souriant. Je n'allais pas lui chercher des poux. Mieux valait donner une leçon de savoir-vivre à la Coco :

« On crève de chaud dehors. Si Clémence est d'accord, on sera bien mieux sous la clim. Avant de partir, on prendra le café sur la terrasse et on verra Paris by night. Ne vous en faites pas pour nous. »

Il a saisi la veuve Clicquot par le col, a glissé qu'elle était pour lui et nous a installés à une table avec vue sur Kim Kardashian et, au-delà, sur la Seine, le Panthéon, Notre-Dame et une palanquée de vieilleries. Franchement, c'était décoratif. Pour achever d'agacer Coco, le producteur a dit savoir très bien qui j'étais quand, à peine assis, elle m'a présenté. Laurent Chalumeau lui avait fait lire un de mes livres cinq ou six ans plus tôt. Son titre ? Il l'avait oublié – ce qui a amené un délicieux sourire sur les lèvres de cette peste. Mais il se rappelait l'histoire : une jolie femme cultivée faisait visiter Paris à une star américaine, picolait avec lui, se cassait la figure dans l'escalier du Bristol et accusait le chanteur de violences sexuelles. Il parlait d'*Une vraie Parisienne* et avait beaucoup ri à sa lecture. Il trouvait les dialogues très drôles. « Pas moi », a maugréé Coco. Qui a encore craché un jet de venin :

« En plein #MeToo, tu oublies tout projet d'adaptation ! Ou tu fermes ta maison de production. On ne met plus en doute la parole des femmes. À part Clémence, bien sûr, dans les papiers de *Scoop*. Encore merci pour elle ! »

Elle allait souffrir car Clémence, toujours aussi foldingue, m'a demandé de lui prêter le livre :

« Je sens déjà le rôle. »

Je ne suis pas pervers. Je me suis contenté d'un sourire navré à destination de Coco puis on est passés à la commande. Et là, en route pour Tokyo : c'était plein de wasabis, de tempuras, de miso et de je ne sais quelles mixtures. On n'y comprenait rien. Après traduction et explications d'une serveuse prêtée par l'agence Élite, j'ai récupéré un carpaccio de dorade (normal) et un thon mi-cuit (cru comme il faut). Rien à dire. Rien non plus sur la conversation. Un peu d'Ukraine, un poil de politique résumée pour Coco au ministre du Budget qui avait changé d'amant au sein du gouvernement, quelques soupirs sur la canicule et, comme d'habitude, retour aux projets professionnels. Les miens n'ont pas duré longtemps. Bolloré intéressait le producteur mais j'avais eu ma dose pour la journée et, surtout, il embarrassait Coco : primo l'Élysée le détestait et, secundo, s'il achetait *Scoop*, elle devrait faire ami-ami avec lui. Mieux valait ne pas s'aventurer sur le sujet. On s'est rabattus sur le cinéma.

La maison de Larmor-Baden était louée pour trois mois au moins. Elle servirait de base arrière et de cadre pour un tournage sur le point de commencer avec Marina Hands et Marine Vacth. Clémence y tiendrait un second rôle. Très bonne nouvelle. On allait beaucoup se revoir cet été. J'ai d'ailleurs donné mon 06 à ce très sympathique Frédéric pour qu'il vienne déjeuner à l'Ile aux Moines. Et là, rebondissement.

Au moment de nous asseoir, Coco et Clémence avaient pris place dans un canapé face à la vue et nous, les hommes, avions occupé les fauteuils face à elles et au mur-miroir. Sauf que le canapé était trop profond pour le petit buste de Coco. Après avoir délicatement suggéré de réclamer un annuaire à glisser sous ses fesses, j'avais échangé ma place avec elle. Galanterie payante : depuis l'époque où Paris s'appelait Lucette, vingt siècles d'histoire me faisaient face. Ainsi que, plus près, un miroir bas remontant le couloir central. C'est traître, ces trucs. Tout à coup, mon regard s'est posé juste sur le reflet d'un pied de Clémence entre les cuisses de Frédéric. Un coup de poing ne m'aurait pas mieux coupé le souffle. Il a fallu que je me lève. Mon portable était au vestiaire dans ma serviette mais j'ai prétendu devoir passer un coup de fil à Marc, l'interlocuteur chéri de Coco :

« Kardashian posant un regard douloureux sur Notre-Dame, ça donnera un rien d'émotion à la cavalcade photo de l'été. »

Je suis allé sur la terrasse arrière avec vue sur le Jardin des Plantes et le parc de Bercy. À l'abri de leurs regards, K.-O. debout, creux comme l'air, j'avais l'énergie d'un peón mexicain affalé au soleil sous son sombrero. La locomotive avait heurté les butoirs. J'aurais dû m'y attendre. Elle avait 20 ans – au mieux. Et moi trois fois plus – au moins. Je ne parle pas de Frédéric, Monsieur mèches blondes et blanches canines. Qu'est-ce que je faisais là ? Autant voir Michel Bouquet disputer une groupie à Leonardo DiCaprio. Avec ma taille, ma silhouette, mes manches retroussées et mon pantalon Dockers beige, j'avais tout comme lui, sauf tout. Ses cheveux étaient blonds, ses dents blanches et les miens étaient gris et mon sourire ivoire. Être jeune, ça veut dire plein de choses. À 60 ans, tu peux bien te prendre encore pour un lion, tu n'as plus ni crinière ni griffes. Même ses yeux bleus éteignaient les miens, noisette. Je ne parle ni de son carnet d'adresses, ni de sa carte gold. Un producteur ! Qu'est-ce que je faisais là à dix heures du soir au lieu de lire la vie de Vercingétorix à Louis et Aurélien ? J'aurais dû planter la compagnie sur-le-champ. La suite l'a prouvé. Sauf que non, j'ai eu besoin de rester auprès de Clémence. Cette gamine, c'était de la vitamine C. Elle apportait la lumière dans des pièces inconnues de la maison. Convaincu de commettre une erreur, je suis revenu à table, sourire aux lèvres.

Ils parlaient livres. Frédéric voulait connaître la dernière lecture de chacune. Coco, égale à elle-même, entamait le dernier Guillaume Musso. J'aurais bien voulu savoir s'il écrivait en français mais Frédéric s'intéressait au suspense : Musso était-il si bon qu'on le prétend ? Coco, évasive, ne s'était pas encore fait une idée du sujet. La connaissant, elle devait lire une page tous les quinze jours. On n'était pas près d'avoir la réponse. Clémence, elle, avait acheté *Blonde*, la vie de Marilyn Monroe par Joyce Carol Oates. Un seul mot : génial. Frédéric l'a présentée comme la grande favorite du Nobel. J'ai évoqué les chances d'Annie Ernaux. Puis raconté son dernier livre. Qu'elle avouât avoir couché avec des hommes pour trouver quelque chose à raconter dans ses pages a sorti Clémence de ses gonds :

« Elle couche par calcul et elle obtiendrait le Nobel. Non mais c'est quoi ce délire. Moi, si je vais à Hollywood coucher avec Weinstein, on va me barrer sur la liste des Oscars. Ils sont barges, ces Suédois, ou quoi ? »

Très cool, Frédéric a fait observer qu'il était inutile d'aller si loin pour s'envoyer en l'air : « Des producteurs, il y en a à Paris. » Son ton naturel et innocent a replié mes lubies comme un éventail, pli par pli. Leur liaison était d'une évidence géométrique. Plus il avançait, plus le ruisseau silencieux de mes jérémiades s'élargissait. Il était temps que ce dîner s'achève. Par chance, Coco devait se lever à l'aube. Dès le café expédié, elle et Frédéric ont pianoté sur leur portable pour commander des Uber. Cette efficacité a achevé de me tuer. J'ai dit que je rentrerais à pied. Ils m'ont regardé avec la tendresse due à un revenant.

Arrivés boulevard Morland où attendaient les taxis, je me suis aperçu que j'avais oublié au vestiaire ma serviette avec plusieurs papiers à lire. Ainsi que mon portable que j'avais enfoui au fond pour n'être pas dérangé par une éventuelle sonnerie. Le temps de pester contre moi-même, Clémence est partie en courant les rechercher au Bonnie. J'étais stupéfait. Contrarié, Frédéric lui a crié que le taxi était là. Peine perdue, elle était déjà loin. Il l'a pris avec élégance :

« Je ne sais pas ce que vous lui avez fait mais elle vous adore. Ce soir, avec Coco, on devait dîner à ma cantine, un petit restaurant en bas de chez nous, rue de la Faisanderie. Quand Clémence a su que vous veniez, il a fallu sortir le grand jeu. C'était le Bonnie ou mademoiselle dînait toute seule devant Netflix. »

Peut-être, mais c'est avec lui qu'elle rentrait. Et comment m'en étonner ? À côté de moi, il faisait flambant neuf. Quand elle est revenue à leur Uber noir de ministre, même pas essoufflée, elle m'a serré contre elle :

« Eh bien, monsieur, vous avez l'air tout mélancolique. »

Elle ne pouvait pas mieux dire. Désormais je devrais me contenter de ce qu'on m'accorderait, désirer ce qu'on me permettrait, regarder ce qu'on me montrerait, refuser ce qu'on m'interdirait. Et regretter, regretter, regretter. J'étais vieux, c'est tout.

12.

Si chaque femme nous donne de nos propres nouvelles, dans le cas de Clémence, elles n'étaient pas bonnes. Pour parler comme Lady Di, à trois dans un couple, il y en a un de trop. Moi, en l'occurrence. Je détonnais dans le paysage. Le lendemain matin, la tête ailleurs, je n'ai même pas pris conscience qu'on était mercredi. D'habitude, j'écrivais ma chronique à la maison. Merci le Covid ! Depuis le confinement, l'administration incitait à travailler à domicile au moins une fois par semaine. J'ai remis les pieds sur terre en sortant de la station Bir-Hakeim. Qu'est-ce que je foutais là ?

Au lieu de tourner à gauche vers l'immeuble de *Scoop*, j'ai avancé sans hâte vers la Seine. Que j'ai longée jusqu'au pont Mirabeau. Une trotte. Le pont franchi, j'ai remonté le quai Louis Blériot, une promenade que j'ai faite deux fois par jour de la onzième à la terminale. J'y mourais de froid. Dans les années 60, en primaire, les gamins portaient un short ras les fesses, été comme hiver. Ceux qui se permettaient les bermudas anglais passaient pour des excentriques ou des chochottes. J'avais les pieds gelés, les mains glacées, certainement une cagoule en laine. Mais je ne songeais pas une seconde à me plaindre. C'était comme ça. J'étais chez moi, dans ma rue, insouciant et gai sur un quai triste et vide. Trente ou quarante immeubles de huit à dix étages le bordaient du pont à la Maison de la Radio en chantier mais, à l'aube, on ne croisait jamais personne sur le trottoir, ou presque. Pas de vie, pas de bruit, pas de voisins. Plein de places de stationnement restaient libres. Uniquement des voitures françaises. Des DS comme celle de mon parrain. Des Peugeot comme la 404 de mon père, succédant à une 403 et précédant une 504. Bien plus tard, quand il a acheté un cabriolet 205 jaune, on a cru qu'il nous préparait un AVC. À Saint-Jean, au collège, il y avait les familles fidèles à Peugeot et les celles mariées à Citroën. Un jour, à la cantine, un copain a dit qu'une DS coûtait un million. On ne pouvait pas y croire. Un million !

Dans l'appartement de mes parents, il y avait le salon dominant la Seine par une baie démesurée, une entrée longue et large, leur chambre, celle de ma sœur, une grande bibliothèque servant de salle à manger et, pour mon père qui n'y mettait jamais les pieds, un bureau. Une seule pièce manquait : ma chambre. Je dormais dans la salle à manger et personne n'avait l'air de s'en rendre compte. Ça me rongeait. De là à en parler, non. À 12 ans, en sortant de Saint-Jean, j'ai pris l'habitude d'aller dormir chez mes grands-parents, également à un quart d'heure du collège, vers le Trocadéro, sur l'avenue Georges Mandel. Le long d'une quadruple rangée de marronniers, des falaises en pierre de taille menaient au bois de Boulogne. Là non plus, personne sur les trottoirs. Un calme de monastère. Ennuyeux comme la pluie mais c'était chez moi et, là encore, tout me convenait. Il s'est passé des semaines et il a fallu que j'y prenne souche peu à peu tous les soirs pour que mes parents s'étonnent. Puis exigent mon retour. Sans demander les explications que je n'ai pas données. C'est bizarre : on ne parlait jamais de choses personnelles.

Cela dit, pas question de les croiser au petit déjeuner. Très tôt, j'ai pris l'habitude de mettre mon réveil à sept heures et de filer trois quarts d'heure avant la rentrée de huit heures. Accompagnés d'un bon Bob Morane dont, à l'époque, je faisais mon herbe tendre, je prenais mon café au lait et mon croissant aux Ondes, la brasserie au bout de l'avenue de Versailles, à trois minutes de Saint-Jean. À cette heure, la grande salle était à peu près vide et Monsieur Houle, le propriétaire, m'avait à la bonne. Sans doute parce que son fils, buvant son chocolat un peu plus loin, était en classe avec moi depuis la sixième. Non qu'on n'ait jamais parlé. Didier n'adressait la parole à personne, ne levait jamais la main, ne répondait à aucune question en cours. Avec ça, bon élève. Mais bouche cousue. Sans cesse. Je l'admirais. Ses silences lui donnaient une profondeur fascinante. Au point qu'à une époque, en troisième ou en seconde, pendant quinze jours, j'ai joué le rôle de Didier Houle à la maison. Pas un mot à table. Ni bonjour ni bonsoir. Je me trouvais saisissant de mystère. Mon père a fini par exploser. Ou je redevenais normal ou je partais directement pour le pensionnat jésuite de Sarlat, une espèce de camp de redressement dont il me menaçait deux ou trois fois par an. Détail qu'il savourait : les matins d'hiver, il fallait casser la glace pour se laver les dents. Comme d'habitude j'avais cédé, repris la parole et le cours de ma vie à la salle à manger : bavardage à table et nuit sur le canapé.

Un samedi matin, à la messe de fin de semaine, installé à l'orgue que je tenais depuis deux ans, au moment de l'offertoire, au lieu du cantique de circonstance, j'avais joué « All You Need Is Love » des Beatles. Un vrai drame. Informé sur-le-champ, le chanoine Nibault, notre directeur, avait pris le blasphème avec le sourire. Le message lui convenait : « C'est vrai, le monde a surtout besoin d'amour. » Mais les préfets des études en avaient fait un casus belli. Les éclats de rire et les applaudissements avaient saccagé l'office. Il était urgent de mater dans l'œuf la dissidence. Luther était de retour. Trois heures après le sacrilège, j'étais renvoyé chez moi jusqu'au mercredi suivant.

Mon père allait-il me tuer ? Sur le chemin de l'échafaud, je suis entré aux Ondes, plus ou moins en larmes. Derrière son comptoir, Monsieur Houle m'a tout de suite repéré et a prié un serveur de m'apporter un Coca. Quand Didier, rentré déjeuner, lui a expliqué mon exploit, il m'a même fait servir un steak-frites. Puis, devant mon air hébété de montre arrêtée, il a proposé d'appeler lui-même mon père. Avant de me jeter dans la Seine, résolution où m'avaient mené mes réflexions, j'ai accepté. Bien m'en a pris car, après une petite minute de conversation, Monsieur Houle, au bout du bar, tablier blanc, combiné à l'oreille, rigolait franchement. Quand il est revenu vers moi, il m'a serré la main :

« De la part de ton père. Il est très fier. Tu lui rappelles son propre caractère qui l'a mené à Buchenwald en 1943. Il n'aime pas trop les règles, ton père. »

Première nouvelle ! Je ne l'avais jamais vu en enfreindre une seule. Mais je n'ai pas émis de commentaire. J'étais stupéfait qu'il ait évoqué sa déportation devant un inconnu. Il n'en parlait jamais, absolument jamais, à personne. À moi, il n'y avait fait qu'une allusion, une seule, pour la première fois, un an plus tôt, quand j'avais invité à déjeuner mon copain Marek. Mon père avait mis les choses au point avec des lames de rasoir dans la voix :

« C'est absolument exclu. Aucun Polonais ne mettra jamais les pieds chez moi. Pays de kapos. »

Monsieur Houle avait beau se montrer rassurant, je suis parti chez ma grand-mère. Mon improvisation à l'orgue l'a emballée. Elle aussi aimait les mutins. En juin 1940, elle avait participé à la création du premier réseau de résistance, celui du musée de l'Homme où elle travaillait à l'époque, juste au bout de l'avenue. Le premier tract contre l'occupant avait été tiré dans sa salle à manger. C'était son titre de gloire. Plus tard, réfugiée à Collonges, elle avait accueilli Jean Moulin pour un déjeuner important. Ce n'était pas mal non plus mais elle ne se rappelait que le drame du placement des invités. La paix revenue, elle s'était remise à sa passion, le piano, dont un spécimen à queue trônait dans le salon. Elle m'avait assis devant dès l'âge de 3 ans. Sans être Mozart, je me débrouillais et on jouait souvent à quatre mains. C'est ce qu'on a fait pendant l'après-midi. Mon père allait me prendre dans les bras. Elle en était sûre :

« Dans la vie, tout s'arrange. Demain est un autre jour. »

Emprunté à Scarlett O'Hara, c'était un de ses refrains. En 1945, son mari et son fils, mon cher père, l'un et l'autre déportés, elle était sûre et certaine de perdre au moins un des deux. Leur retour à trois jours de distance, l'un des mines de sel de Wansleben à côté de Buchenwald, et l'autre de

Bergen-Belsen, avait ancré en elle un inébranlable optimisme. Depuis lors, elle traînait au lit, jouait au piano et ne sortait que pour aller chez le coiffeur, boire des portos chez Carette ou parier au PMU, sa passion. À l'occasion, elle filait à Enghien au casino. Le soir, quand il est passé me chercher, comme elle l'avait pressenti, mon père était tout sourires. On a sablé le champagne, l'occupation préférée de sa mère. La famille n'avait jamais été « aussi fière » de moi. Ce qui n'a pas empêché mon père d'écrire une lettre au chanoine Nibault pour me crucifier. Avec pas mal d'humour, je dois dire. Les lettres de château, c'était son grand truc. Il en gardait des copies.

13.

Je me suis arrêté aux Ondes. Les Houle étaient partis depuis longtemps. Leur brasserie était devenue le repaire de France Inter, France Info et consorts. J'ai reconnu deux journalistes. Il devait y en avoir à toutes les tables. Disant tous la même chose, j'imagine. Ça m'a rappelé Baudelaire qui ne supportait plus Paris parce que tout le monde y tenait les propos de Voltaire. La pensée unique ne date pas d'aujourd'hui. Cette manie de chercher la vérité uniquement sous son propre lampadaire. Coup de chance, mon ancienne place était libre, une petite table contre la baie vitrée, au bord de l'avenue de Versailles. Retour au passé bien aimé : j'ai commandé une entrecôte-frites et un Coca. Puis j'ai fait comme tout le monde, j'ai rallumé mon portable. Clémence avait appelé trois fois. Et laissé un sms :

« Eh monsieur, quand se revoit-on ? J'ai commencé à lire *Une vraie Parisienne*. Surtout une vraie pimbêche. J'adore. »

Surtout ne pas répondre. Après une nuit passée à penser à elle, ma décision était prise : elle était trop jolie, trop vive, trop drôle. Trop jeune, surtout. J'allais à la catastrophe et, tôt ou tard, au ridicule. J'ai mis l'appareil sur vibreur et j'ai regardé par la fenêtre. Rêvasser sur une terrasse de bistro est ma spécialité. Le quartier avait changé. À l'époque, les ados de la bourgeoisie avaient des looks de bourgeois : shetlands, gabardines, mocassins… Ils se reconnaissaient au premier coup d'œil. Désormais les gamins du coin avaient la dégaine universelle « survêt, casquette, baskets, barbichette ». Les filles, grâce à la chaleur, étaient en minijupes, débardeurs et sandales. Sexy. Mais hors sujet. Je ne pensais qu'à Clémence.

À l'époque des Ondes, aucune souris ne hantait mes pensées. C'est fou comme j'étais sage. Les filles ne m'intéressaient absolument pas. À 17 ans, l'été après le bac, il a fallu qu'une nuit, sur la plage de Port Miquel, à l'Ile aux Moines, une chipie dessalée de « Jeunesse et Marine » me viole, ou presque, pour que je sorte de Zola et Balzac. Je l'entends encore me dire, déjà seins nus : « Non mais t'as des yeux pour voir ou tu veux les miens ? Qu'est-ce que t'attends ? » Je ne suis plus sûr de son prénom, un truc bizarre : Émeline, Adeline, Aïline… Blonde, marrante et plus secouée qu'une laitue, elle riait en faisant l'amour. Son stage terminé, elle a disparu du jour au lendemain. Sans prévenir. Ça m'a vexé. Pas trop longtemps. À « Jeunesse et Marine », les stagiaires suivantes m'ont revu. J'y avais pris goût.

Ça n'a pas manqué : Clémence a rappelé. Sans que je réponde. Impossible de la lâcher. Elle m'a prévenu par sms :

« Je vais repartir pour Larmor-Baden. Tournage, tournage. Je dois absolument vous parler avant mon départ. Ou bien on se retrouve à l'Ile aux Moines. Bizz, monsieur. »

La retrouver à l'Ile aux Moines, avec ma femme Élisabeth, Louis, Aurélien, et ma sœur, et ma fille qui allait débarquer ! Le café expédié, j'ai pris le 72 jusqu'à la Concorde et je suis rentré à pied à la Bastille par les Tuileries, puis les quais. J'ai fait la seule chose à faire : le mort. Sauf qu'il ne suffit pas de fermer les yeux pour éteindre une bougie. Le fleuve grossit en avançant. J'ai passé la journée à penser à elle. Je m'aventurais dans les salles du pathétique. En toute conscience.

14.

Les corvées d'un rédacteur en chef ! Un mois plus tôt, j'avais demandé un papier à un copain américain sur Joe Biden et ses fils. Manque de chance pour lui, le rewriting, en contrôlant un rendez-vous dans l'Arkansas auquel il faisait allusion, était tombé sur un extrait d'un de ses livres que l'article, à quelques phrases près, répétait mot pour mot. Et maintenant, il me réclamait une pige pour ce pur plagiat. Une seule chose à faire : lui dire en face ma façon de penser et l'envoyer aux fraises. Juste ce que je ne sais pas faire. Je suis du style Henri Queuille, un manitou de la IVe République, pour qui le pouvoir ne consistait pas à régler les problèmes mais à faire taire ceux qui les posent. John n'avait pas fini d'attendre une réponse. Sur quoi, je suis allé relire sur l'écran géant de la maquette les articles de la rubrique culture qu'on boucle dès le jeudi. Mauvaise semaine : du rap, de l'art contemporain, une bande dessinée loufoque et du théâtre d'avant-garde, tout ce qui me rase. En soutien aux femmes afghanes, un article et deux photos vantaient même un spectacle de poésie persane. Dommage qu'on ne puisse pas arracher les pages d'un écran vidéo.

Surprise : malgré l'interdiction judiciaire de se présenter dans les locaux de *Scoop*, Coco s'était glissée dans le bureau de Marc. La porte était fermée, l'heure devait être grave. Je me suis faufilé. Elle m'a accueilli à sa manière :

« Il ne manquait plus que toi. On parle de choses sérieuses, tu n'es pas obligé de rester. »

Je me suis assis sans commentaire. Selon son habitude, elle dictait sa loi. Pour faire simple, elle nous interdisait purement et simplement de passer les photos de Brigitte Macron à la dernière collection Dior.

Assise comme il se doit sur le « front row », la première dame papotait avec Anna Wintour, Hélène Arnault, l'incontournable Kim Kardashian et quelques autres divas de la « fashion society » dont les noms ne me disaient rien. Pour tout arranger, elle portait une espèce de dolman de hussard bleu pâle à sequins dorés. Une parfaite image de la société première de cordée. Tout ce qu'aiment les Gilets jaunes. Coco ne voulait pas la voir dans nos colonnes :

« En pleine guerre d'Ukraine avec les réfugiés de Kiev et leurs valises en carton qui débarquent, sans parler des famines qui s'annoncent en Afrique, on ne veut pas de ça à l'Élysée. Capito ? »

Son chantage estival était reparti. Si on publiait les photos, on pouvait oublier le grand reportage promis au fort de Brégançon, avec dîner en amoureux dans une auberge de Bormes-les-Mimosas, serviettes de plage sur le sable et virée d'ado attardé en jet-ski. J'ai protesté poliment :

« Ok, on laisse le sujet aux légendes railleuses de *Voici* et le reste de la France se régalera de commentaires assassins sur les réseaux. Ils sont malins à l'Élysée. Avec toi, ils inventent la nouvelle censure, celle qui multiplie les dégâts par dix. »

Elle m'a sauté dessus comme une hyène :

« Eh, pauvre banane, qu'est-ce que tu parles de censure ? Tu dis toi-même que l'image sortira ailleurs. Pas la peine que les grands journaux s'y mettent. Le poujadisme a pas besoin de vous. »

Pour souligner la gravité du propos, elle s'était levée. Son pantacourt lui rentrait dans les fesses. Songer que cette vieille chouette déplumée se chargeait de préserver la France du populisme. Ça m'a cloué le bec. Marc, lui, avait l'air de s'en moquer. Ok, on ne passerait pas les photos. Je suis sorti. Triomphante, Coco m'a lâché un dernier jet de venin :

« C'est ça, va griffonner ta chroniquette. »

15.

Qui m'attendait dans mon bureau, assise à ma place, feuilletant le dernier *Scoop* ? Clémence ! Elle a bondi en me voyant entrer. En soutien-gorge et short de cycliste, les deux en lycra noir brillant. J'étais sidéré.

« Que c'est bien chez vous, monsieur ! Avec cette belle vue sur la Seine, c'est trop chouette comme endroit. Il y a même un fauteuil en cuir pour les invités. Je sens que je vais revenir. »

Après une journée entière de vague à l'âme et deux nuits sans dormir, ma résolution était prise : couper les ponts avec elle. Dix secondes face à son sourire et tout était à refaire. J'ai quand même demandé comment elle était entrée au journal dans cette tenue :

« On n'est pas au stade. Ni dans une chambre à coucher. »

Elle a souri d'un air navré :

« Oh, monsieur, il faut remettre les pieds sur terre. Ce n'est pas un soutien-gorge. C'est un crop-top.

Juste un haut un peu plus court que la normale. Comme une petite brassière pour grande personne. Vous n'allez pas tomber raide parce qu'on voit mon nombril. Et puis tout ce noir, ça va bien avec ma perruque. C'est la même que celle de Bardot dans *Le Mépris.* »

Au restaurant, je l'avais prise pour celle d'Uma Thurman. Mauvaise pioche. À cet instant, elle a imité la voix de Brigitte Bardot pour demander « s'il me plaisait son nombril ». Déjà, à Larmor-Baden, j'avais apprécié la discrète simplicité de ce petit nœud adorable. J'ai admis que oui, il était très harmonieux. De là à ce que les hôtesses du rez-de-chaussée l'aient laissée entrer.

« On ne m'a rien demandé, j'étais avec Coco. Elle m'accompagnait à France Rock où j'ai parlé du film qui sort la semaine prochaine. Et où j'arriverai à la première avec vous, bien sûr. »

Ok, Coco s'était servie d'une radio libre accueillie dans notre immeuble pour entrer à *Scoop* qui lui était interdit par un juge. Et s'était faufilée chez Marc. Rien à dire : elle était maline. J'ai joué mon rôle de limace bourgeoise et, sur le ton le plus civil, j'ai demandé à Clémence quel bon vent l'amenait dans nos locaux. Elle m'a regardé avec des yeux ronds :

« Quel bon vent m'amène ? J'y crois pas. »

Elle a laissé passer un ange, puis m'a pris la main :

« Vous savez quoi, monsieur ? J'adore vos façons. Cette bonne éducation, c'est tellement vieux jeu. Franchement, je kiffe à mort. »

J'ai proposé de lui montrer la maquette et son écran géant. C'est notre tour Eiffel, on y emmène les annonceurs et les VIP de passage. Ça ne l'intéressait pas. Pas du tout même, et elle l'a dit sans détour. Elle était là pour parler d'*Une vraie Parisienne* :

« Cette fille-là, c'est moi. Tout moi. »

Grave erreur. C'était une quadragénaire élégante, cultivée, bien élevée, snob. Si je pensais à quelqu'un pour ce rôle, ce serait une femme comme Carla Bruni. Pas une gamine exquise mais inculte. J'ai essayé de le lui dire gentiment :

« Pas tout à fait, Clémence. C'est une personne qui n'a jamais "kiffé" rien, ni personne. Elle ne parle pas comme ça, elle ne pense pas comme ça, elle ne charme pas comme ça. Elle plaît parce qu'elle est d'une autre époque. À Versailles ou Fontainebleau, elle est chez elle. Son paradis, c'est le Louvre.

— Comme vous, alors, monsieur. »

Elle avait tout dit. On aurait mieux fait de s'arrêter là. Sauf que rien ne l'arrête. Elle a décidé qu'il fallait qu'on aille au Louvre ensemble. Et séance tenante :

« Si c'est l'endroit préféré au monde de cette meuf, c'est déjà le mien. »

16.

D'habitude quand je vais traîner au palais à l'heure du déjeuner, je prends le 72. Là, j'ai attrapé un taxi au vol sur l'avenue de Grenelle. Juste histoire de prouver à Clémence qu'elle avait affaire à un rédacteur en chef. Mademoiselle avait déjà des habitudes de star et n'y a pas prêté attention. Pour elle, le bus n'existait plus. Un détail la tracassait :

« Tout va être vieux dans ce château. Il faut pas parler latin, au moins ? »

Puis elle a ri et m'a embrassé la joue comme un bon grand-père. Ses lèvres étaient parfaites. On les aurait dites dessinées par assistance ordinateur. Pas trop grosses comme chez les pépées qui les gonflent au botox. Ni déséquilibrées comme celles qui ont la supérieure sexy et n'en ont pas d'inférieure. Ou l'inverse. Raphaël et Michel-Ange n'auraient pas fait mieux. Quarante ans plus tôt, quand j'avais son âge, les filles n'avaient pas tant de lèvres. Ni les dents aussi agressivement blanches. J'ai gardé cette impression pour moi. Ça me datait un peu trop. Du reste, les garçons aussi avaient changé. De mon temps, personne n'avait la barbe. À présent, ils en avaient tous au moins une trace. Rasé de près, je faisais antique. Quand je l'ai payé en liquide (déjà, ça trahissait le boomer), le chauffeur de taxi ne m'a pas raté :

« Ça fait plaisir de voir des parents qui emmènent encore leurs enfants au Louvre. »

Pour un peu, je lui aurais dit de fermer sa gueule quand Clémence l'a ensorcelé d'un sourire de geisha :

« Il sait que j'adore les hommes nus. On va se rincer l'œil. »

Je comptais l'entraîner vers les salles de peinture française autour de la cour Carrée, mes préférées. Pas question : mademoiselle réclamait de l'Antique, en tenue légère. Elle voulait voir les champions d'Olympie. Au fond, d'ailleurs, c'était une bonne idée : les salles de sculptures grecque et romaine sont celles qui raniment le mieux les lieux. Tout est en marbre et résonne. Les garçons entendent frapper les éperons de d'Artagnan ou glisser la soutane de Mazarin et les filles claquer les talons des duchesses comploteuses de la Fronde. On est quand même chez Catherine de Médicis et Anne d'Autriche qui comptèrent autant sinon plus que leurs fils ou leur époux dans l'histoire de France. Clémence avait l'air de me prendre pour le doyen de l'humanité, juste bon à flécher les parcours et à répondre à ses questions. Quelle déesse représentait la Vénus de Milo ? Vénus, j'imagine. Et qui a remporté la victoire à Samothrace ? Mystère. Tout la faisait tomber des nues. Qu'on ait choisi des marbres rouges et gris pour que ressorte mieux le blanc des bustes lui plaisait. Jusqu'à ce qu'elle découvre qu'à l'époque, ces statues étaient peintes et colorées. Avec ça, pressée. Si je ne lui en avais pas fait faire le tour, elle n'aurait jeté qu'un cil sur l'Hermaphrodite endormi. En revanche, une fois dessalée, elle a adoré le gamin et l'a sur-le-champ instagrammé. Mais pas question de s'attarder. Je lui ai demandé pourquoi elle allait si vite. Elle m'a embrassé sur la joue :

« Mais enfin, monsieur, au restaurant, vous ne commandez pas toute la carte. Je ne vais pas non plus scruter toutes ces pierres. »

Pour les hommes, en revanche, elle prenait tout son temps. Elle a apprécié la taille du sexe de Marcellus nu tenant sa toge sur le bras pour ne rien cacher de sa superbe anatomie. Dans la plupart des autres œuvres, elle les jugeait bien menus pour des Hercule. À croire qu'elle avait un compas dans l'œil. Quand je lui ai montré les cariatides qui soutenaient la tribune des musiciens de la salle de bal d'Henri II, elle leur a trouvé de trop petites têtes. Du reste, c'était bien vu. Et elle a enfoncé le clou :

« C'étaient vos petites chéries, ces quatre aguicheuses ? »

J'ai botté en touche :

« Vous savez, Clémence, à mon âge, on n'est plus tellement sexe. Plutôt bonne cuisine. Vous me présentez une jolie femme, je la mange. Mon idéal, aujourd'hui, c'est plutôt Rubens. Si vous voulez, je vous en montre. Dans la galerie Médicis. Elles sont rondes, pleines, grasses, souriantes et très engageantes. »

Mon numéro de débris d'Ancien Régime l'a fait rire mais non, elle ne tenait pas à arpenter plus longtemps ce cimetière. Une heure d'antiquités avait suffi. Je lui présentais une Rolls-Royce et elle ne jetait un coup d'œil que sur la statuette ailée du bouchon de radiateur. Elle aurait « fait l'Italie » en trois jours. Ça m'a un peu froissé. Elle m'a pris par le bras :

« Vous savez, monsieur, je vous adore. Vous me changez tellement de mes copains et de leur virilité rudimentaire, foot, flipper et mob. Mais bon, c'est épuisant, ces musées. On marche, on s'arrête, on repart, il faut de l'entraînement. »

Au fond, elle se fichait de ce décor à cheveux blancs. Elle voulait me parler de la *Vraie Parisienne.* Le mieux, c'était de s'asseoir autour d'une table. On en a trouvé une au Café Marly. À l'intérieur. À mon âge, il me fallait un cadre climatisé. À peine assise, au lieu de regarder au-delà de la baie vitrée le spectacle grandiose des statues française du XVIIIe siècle de la Cour Marly, elle a sorti les pieds de ses ballerines pour les glisser sur les miens. Avec son espèce de soutien-gorge en lycra scintillant carrément posé sur la nappe, elle était prête pour un tournage porno. Elle n'allait pas me lâcher. Ce rôle, elle le voulait. Seul le lustre de Murano en verre rouge a détourné son attention. Elle le trouvait « un peu cheap, cet éclairage en plexiglas ».

17.

Un autre détail a frappé l'attention de Clémence : la couleur rouge vif du cadre. Dans son univers, l'élégance d'un mur était blanche, beige, rose Dior ou gris Chanel. Le Marly, lui, donnait dans les tons d'Ancien Régime. Elle n'en revenait pas. La prochaine fois, au lieu de nous rincer l'œil sur les marins pêcheurs épilés du Pirée, j'ai promis de l'emmener dans les salles de l'aile Richelieu consacrées à l'art de vivre au XVIIIe siècle à Paris. Dans la haute société, les pièces étaient peintes ou tendues de rouge, de vert turquoise ou de bleu flashy. Elle serait surprise. Elle l'était surtout que ça m'intéresse :

« J'ai l'impression de déjeuner avec un imparfait du subjonctif. Ce Louvre, c'est Monarchic Park. Si vous voulez, moi, je vous entraînerai à Disneyland. »

Il ne manquait plus que ça. Quand je sortais avec Louis et Aurélien, je les accompagnais à Versailles.

Se promener au Louvre, c'est comme demander un billet de première dans le métro ou parler sans prononcer de gros mots. Clémence ne vivait pas sur la même planète que moi. Elle me classait parmi les archives du règne de Louis XV :

« Je vous adore, monsieur. Vous avez vraiment du parchemin dans la cervelle. »

Sa spontanéité valait sa grâce. Elle ne faisait pas consommation de phrases, elle lançait juste des traits, puis passait à la suite. Elle ne s'écoutait pas, ne vérifiait pas si sa flèche avait percé. Elle avait l'humeur rose. Je n'aime pas les mélancoliques. Elles vous transmettent leur aigreur. Et puis Clémence était curieuse. Dès que Madame de Sévigné a pointé le nez dans la conversation, elle l'a prise pour une héroïne de *Voici*. Elle n'en revenait pas qu'une soirée chez le duc de Luynes ait paru délicieuse parce qu'il y régnait « une exquise chaleur de 13 degrés ». J'ai suggéré qu'à la sortie, on aille acheter ses *Lettres* chez Delamain, juste derrière. Qu'une librairie soit aussi connue qu'une boulangerie Poilâne a achevé de l'émerveiller. J'ai cru un moment que j'allais la convertir. Erreur : elle a soudain retiré ses pieds des miens. Son attention s'était envolée.

Un groupe venait de s'installer à trois pas de nous. Une fille et deux garçons jeunes. Parmi eux, Yann Barthès dont elle a murmuré le nom comme un message secret à effacer sur l'instant. Dans le miroir au-dessus de Clémence, je l'ai vu s'asseoir dos au mur pour repérer et être repéré par qui entrait ou sortait. Mince, petit, une tête de premier de la classe, très jeune homme de bonne famille. Une vraie mouche dans ma soupe. En un instant, je me suis mis à sonner comme une vieille cloche fêlée. Clémence ne m'écoutait plus. Elle m'a cité les invités des dernières émissions de « Quotidien » au mois de juin. Des rappeurs passant à l'Olympia, des héros de séries sur Netflix, des égéries Dior, une influenceuse domiciliée à Dubaï… Des noms apparemment connus de tous, sauf de moi. Impossible de la ramener en cours d'histoire, son esprit était déjà attablé de l'autre côté de l'allée. Elle m'a demandé mon portable. Le sien était complètement déchargé. Elle en avait « pour un instant ». Il fallait qu'elle passe sur-le-champ un coup de fil. Puis elle s'est levée de table et a filé vers la sortie.

Trois minutes plus tard, elle était de retour. Pas vraiment en ma compagnie. Ses yeux glissaient sans cesse vers la table de Barthès. Le déjeuner continuait sans moi. Elle a fini par m'agacer :

« Ne vous gênez pas, allez lui demander un selfie.

— Inutile. J'ai appelé Coco. Elle arrive et fera les présentations. »

Il ne manquait plus qu'elle. Visiblement, les enjeux me dépassaient. Glissé comme un vieux bahut entre Clémence et Barthès, je gênais. Par quelle magie ce jeune Tartuffe séducteur s'était-il emparé de l'esprit de sa génération ? Un mois plus tôt, il avait servi la soupe pendant une heure à Lætitia Hallyday que ses chroniqueurs lapidaient depuis des mois. Après avoir ricané de Brigitte Macron à longueur d'année, il lui déploierait le tapis rouge au moment des pièces jaunes. C'était son truc : dénoncer des ridicules dont il faisait ensuite son miel en les détaillant. Quand la température avait atteint 40 degrés à Paris en juin, il s'était moqué des bulletins d'information qui ouvraient par la canicule sur toutes les chaînes. Comme si elles avaient pu éviter le sujet ! C'était tellement facile. Ne parlons pas de son public, à l'enthousiasme mécanique comme des rires enregistrés. Clémence, elle, le trouvait courageux parce qu'il défendait la planète, attaquait l'homophobie, ciblait les violeurs. « Comme tout le monde », me suis-je permis de dire avec douceur. Cette restriction l'a agacée :

« Pas tout le monde, non. Son ton ne doit pas plaire à Vincent Bolloré, votre prochain patron. »

Encore Bolloré. Je ne m'y attendais pas. Décidément, à part moi, tout le monde avait des idées sur lui, sur ses goûts et sur ses dégoûts. Même Clémence ! Sur Barthès, en revanche, j'en avais une ou deux. J'ai essayé de lui ouvrir les yeux :

« À force de parfumer à l'encens la sacristie des indigénistes, des féministes, des tiers-mondains et de tous les branchés, il est déjà sur la piste d'envol vers la Légion d'honneur, la direction des programmes d'une chaîne et la voiture avec chauffeur. Il finira mandarin comme Cohn-Bendit, Serge July et vingt autres révoltés institutionnels. Quand il pointait à Canal, il se faisait les griffes sur TF1. Maintenant il travaille pour la chaîne hier maudite. Dès que Bolloré lui proposera un créneau, il changera de refrain. C'est Paris. Les journalistes ont les idées de leur journal ou de leur chaîne. Quand ils se lèvent et se cassent en jouant les indignés, c'est pour donner une interview à *Télérama* ou accorder une séance photo aux *Inrocks*. Ce sont des aristos. Quand ça arrange leur patron, ils se déguisent en sans-culottes. Puis ils remettent leurs bas de soie pour aller dîner en ville.

J'ai bien fait de prononcer le mot sans-culottes. Tout sourires, Clémence a demandé s'il m'arrivait de quitter le XVIIIe siècle. Réponse : non. J'ai comparé le plateau de « Quotidien » au salon de Madame du Deffand : des gens cultivés, habiles, ironiques qui saccagent la branche de civilisation où ils fleurissent. Clémence a tendu l'oreille. Que Voltaire ait détesté Rousseau lui a paru digne de l'hostilité entre John Lennon et Paul McCartney. Ou des chicayas entre Booba et Kaaris. J'allais demander des détails sur ces deux-là quand Coco est apparue vêtue comme l'as de pique avec son legging, un T-shirt et un sac Chanel. En un quart de seconde, elle a repéré notre position sur le champ de bataille. Un battement de cils et elle a cinglé sur Barthès.

Son culot me fascinera toujours. À peine arrivée quelque part, elle mettait le pied dans la porte. Sans se poser de question, au bluff, à l'intimidation, pariant sur le fait qu'en face, des gens bien élevés ne l'enverraient pas paître. Et ça marchait. Passé un instant de surprise, ni Barthès ni ses deux convives n'ont eu l'air dérangé. Pas fou, il s'est même poliment levé pour lui serrer la main. Cette blonde fatiguée de 70 ans avait le 06 de Brigitte Macron. Avec, en prime, tout un trousseau de clés d'invités éventuels. Il l'a laissée sortir son boniment. Ça n'a pas manqué, deux minutes plus tard, les trois ont tourné la tête vers nous. Vers Clémence, en fait. Que Coco s'apprêtait à exhiber comme une otarie savante. Elle est d'ailleurs venue la chercher. Avec un mot gentil pour moi, quand même :

« J'en reviens pas. Pour une fois, tu auras servi à quelque chose. Tu peux te casser maintenant, je paierai la note. »

Clémence a fait semblant de ne pas entendre, Barthès a fait semblant d'être surpris, j'ai fait semblant dans mon coin de ne pas me vexer. J'avais déjà vécu cent fois cette camaraderie et cette hostilité, aussi feintes l'une que l'autre. Une espèce de léthargie douce s'est abattue sur mes épaules. Comme une indifférence fatiguée. Quand tu as juste envie de laisser les autres à leur vie. D'être proche de tous ceux qui sont loin et de tout remettre à plus tard. Des pensées de bon livre, de partie de pêche, de pétanque, de promenade à vélo, de Scrabble avec Louis… N'importe quoi, plutôt que de rester avec ces jeunes premiers prometteurs dont je connaissais déjà tous les trucs. Je me suis levé et j'ai rejoint Clémence pour lui dire au revoir. Gentille, elle s'est tournée vers moi et m'a embrassée sur la joue. Je me suis juste claqué les cuisses, l'air déçu :

« Pas de baiser au coin des lèvres, aujourd'hui. C'est réservé aux fins de soirée. »

Devant Barthès et Coco, je n'étais pas fier de moi. Mais il en fallait plus pour la démonter. Au téléphone, elle m'avait dit qu'elle était une star, une vraie, et qu'elle n'oublierait pas l'œil avisé, le mien, qui l'avait reconnu le premier. Elle a donc réagi en star :

« Oh papy, y a pas le feu. Dès que je suis à Larmor-Baden, je vous rappelle. On remettra ça. Ou pas. Et, soyez gentil, ne me tapez pas sur la fesse en partant. »

La peste. Elle me crucifiait en vieux vicieux devant les plus mauvaises langues de l'heure. J'ai juste dit que je n'y songeais pas :

« La dernière fois, à Larmor-Baden, c'est vous qui vouliez absolument me déshabiller. »

Puis je me suis éloigné sans saluer Coco, j'ai payé la note et j'ai filé. À l'arrêt du 72, pris d'un regret, je suis revenu. Pas au café, au Louvre. Je suis allé parcourir ces fameuses salles du XVIIIe. Les carreaux sur la cour Carrée étaient sales ! Mais les commodes de Marie Leczinska, le cabinet de l'hôtel Dangé, le mobilier des filles de Louis XV… C'est grave : je n'aime que ce qui est vieux comme le monde. Que faire ? M'en moquer. En sortant, j'étais enchanté, heureux comme une citation latine lovée dans un texte ancien. Au Louvre, on est à l'abri des vents tournants et de l'air du temps. On se croirait dans un salon où dort paisiblement ce que les autres laissent pourrir au grenier. Quand j'ai rallumé mon portable, Clémence avait envoyé un sms.

« On se revoit à la première !!! »

Une dizaine d'emojis accompagnaient le message. Du charabia pour préado jap…

18.

À n'importe quel âge, s'aventurer sur un champ de mines sexuel est risqué. Au mien, cela menaçait d'être carrément ridicule. Je n'ai plus répondu aux sms de Clémence. Impossible pour autant de filer à l'Ile aux Moines. Par prudence, Édith ne voulait affronter ni la SDJ ni Bolloré. Par calcul, elle voulait moins encore prendre parti. Une seule porte de sortie : les vacances. Le temps de réfléchir à ces grands enjeux, elle bronzerait à Pampelonne. À charge pour moi d'assurer la permanence.

Rien de stressant. À part en Gironde, l'actualité flambait peu. Même Poutine et Zelensky levaient le pied. L'offensive russe patinait et l'Ukraine mijotait ses contre-attaques. À l'heure du déjeuner, j'allais à des projections de presse. Trois ou quatre jours après le Café Marly, un saut dans le métro et je suis allé aux Champs-Élysées pour une avant-première de *Babylone*. On ne parlait que de ce film. Trois heures et demie sur le passage du muet au parlant à Hollywood. Ça s'annonçait grandiose. Avec, en prime, Brad Pitt dans le rôle principal.

Le studio y croyait : il avait réservé l'immense salle du Marignan. Elle était pleine. Là encore, mon âge m'a sauté au visage. À croire que, passé 30 ans, les journaux, les radios et les télés ne voulaient plus de vous. Écouteurs aux oreilles, une foule de pigistes en T-shirt pianotaient sur leurs écrans et se passaient les trouvailles de TikTok. Avec mon *Canard enchaîné*, j'avais l'air d'un revenant. Je ne parle pas de leurs tenues. Les garçons étaient en bermuda. Il y en avait même en sandales. Plutôt un mois à la Santé que de montrer mes pieds en ville. Dire que je n'ai jamais vu mon père à Paris sans cravate ! J'ai retiré ma veste qui faisait trop gala. Bien content de la renfiler une heure plus tard quand la climatisation a installé un froid de permafrost dans la salle. À ce moment-là, cela dit, la caméra de Chazelle shootée à je ne sais quoi me donnait le mal de mer. Dans un tapage de carnaval, un fleuve de clichés déroulait sans fin ses méandres. Tout était d'un mauvais goût très sûr. Dès la première scène, un éléphant se vidait les entrailles à la figure du jeune premier. Pour tout arranger, la copie n'était pas sous-titrée. On ramassait des miettes de dialogue. Chaque plan était encombré d'images comme un grenier. En pleine Prohibition, le champagne coulait comme le Mississippi. Après une orgie sans fin, on se retrouvait dans les catacombes d'une boîte de nuit fellinienne pleines d'esclaves à la torture. Je ne parle pas du patron, un vrai vampire. Tout cela était censé être réaliste. Je n'en pouvais plus. Trois heures et demie d'hystérie : les 1 001 Cuites. Encore plus longues que les *1 001 Nuits*. À la sortie, comme le jour où j'avais vu *Gatsby* transformé en monsieur Loyal des Folies Bergère de Long Island, l'enthousiasme de la salle m'a accablé. Les mômes avaient adoré ce torrent de vulgarité. Et là, une main s'est posée sur mon épaule. Frédéric, le fiancé de Clémence, avait aussi assisté à la projection. Et n'était pas plus emballé que moi :

« On a échappé au happy end mais on se demande où est passé le fameux "final cut" des producteurs américains. Réduite à deux heures, cette caravane de clichés aurait été grandiose. »

À qui le disait-il ? J'en ai rajouté dans le genre *Cahiers du cinéma*, intello :

« C'est Hollywood qui se regarde dans le miroir. Et se trouve génial. Avec des moyens énormes, ils foirent la reconstitution de l'asile de cinglés que Fellini recrée avec des ronds de carotte. »

Il était bien d'accord mais plus trash :

« En plus, dans le *Satiricon*, on se rinçait l'œil. Là, on ne voit rien. C'est du bluff. Juste la version yankee des *Marseillais à Marrakech*. Avec des dollars à la place des dirhams. »

Médire de concert crée du lien. Il m'a proposé de partager un sandwich au café voisin. Pour finir, on a échoué chez Ladurée. N'importe quelle boulangerie offre les mêmes croissants mais la verrière est belle, peinte dans un vert tendre devenu, Dieu sait pourquoi, la couleur incontournable en Bretagne – à commencer par chez moi, à Kergantelec, où ma fille l'a imposée pour les volets, les portes et les fenêtres. Frédéric prenait les paris :

« Chazelle, c'est le cow-boy qui veut donner à sa cambrousse des allures de country-club. Il se prend pour un intello. Paris va l'en récompenser et lui offrir un succès d'estime. Aux États-Unis, ça ne marchera pas. Tout ce que vous voulez qu'il va se planter. Pourtant, les acteurs sont bons. C'est tout ce qu'il sait faire : diriger des stars. »

On était d'accord. Et, surtout, sur la révélation du film : Margot Robbie. Une énergie de pur-sang. On s'est énuméré ces scènes d'anthologie avec flots de larmes sur commande, crises de nerfs plausibles, bitures crédibles et love story vagabonde. Pour une gamine, je la trouvais brillante. Frédéric, lui, a dû se poser des questions sur le professionnalisme des rédacteurs en chef de *Scoop*. C'était tout sauf une débutante :

« Attention, elle a 32 ans. Elle a joué la fiancée de Leonardo DiCaprio dans *Le Loup de Wall Street*, interprété Sharon Tate dans *Il était une fois à Hollywood*, incarné Marie Stuart… »

J'arrête là. Il a cité cinq ou six autres titres qui ne me disaient rien. C'est toujours comme ça : j'ai vite l'air d'un amateur dès qu'on entre au cœur des sujets. Par chance, il m'a tendu une perche où me raccrocher :

« Clémence a encore du boulot. Comme actrice, elle ne vaut pas grand-chose. Mais je la connais : elle ira voir le film dix fois. Elle en veut. Et quand elle veut quelque chose, elle ne lâche jamais. En prime, elle est maline. Brute de décoffrage et inculte mais très intelligente. Elle a vu dès la première phrase de votre roman les promesses d'un rôle tel que celui de la vraie Parisienne. Cynique, belle et retorse, c'est tout elle. »

Décidément, elle avait tout pour plaire. Mais la pauvre allait tomber dans tous les chausse-trappes. Il faudrait peut-être passer une muselière à son instinct. Frédéric m'a ramené sur terre :

« Des conseils de prudence ! Vous déraillez, ou quoi ? Elle adore choquer. Et là, vous lui servez le bon personnage sur un plateau : cette femme qui accuse une star de viol et de violence pour mettre la main sur lui, en pleine ère #MeToo, ça va faire scandale. Juste ce dont elle rêve. Avant de tomber sur votre livre, elle cherchait un scénariste pour lui écrire un rôle de syndicaliste odieuse et pourrie. Elle m'a aussi demandé de trouver un biopic sur une femme tondue à la Libération. Elle n'est pas du genre à poser des gerbes au Mont-Valérien. Plutôt à exiger l'entrée de Chanel et d'Arletty au Panthéon. »

Elle commençait à m'inquiéter. Je ne la voyais pas en Walkyrie à croix gammée. Frédéric en rit encore :

« Rien à voir. Elle ne sait même pas qui est Eva Braun. Elle s'en fout complètement. Elle veut juste choquer. C'est pour ça qu'elle a dégommé les écolos et les féministes dans votre interview. Pour attirer l'attention. Alors qu'en fait, elle est aussi soucieuse du climat que vous et moi. Et que tout le monde, pour tout dire. Mais elle a compris que pour être accrocheur, il faut dire le contraire de ce que tout le monde serine. Avec le sourire et d'une voix qui ondule. »

J'ai suggéré d'en faire une amoureuse de Poutine :

« Ou une sniper pro-russe du Donbass, si vous préférez.

— N'allez pas lui mettre cette idée dans la tête. Elle serait fichue de chercher un financement à Moscou. Votre Parisienne, c'est elle. Elle n'aura pas besoin de jouer, juste d'être elle-même. »

Mon personnage était une fille du Trocadéro, très cultivée, élevée chez les bonnes sœurs, avec un bandeau dans les cheveux à trois ans, des socquettes blanches à cinq et des jupes plissées bleu marine jusqu'au bac. Quand elle émettait des réserves, c'était pour dire qu'elle préférait Rosa Bonheur à Monet. Rien à voir avec Clémence, plus 9-3 que 75116. J'ai émis quelques réserves. Frédéric a haussé les épaules :

« Ça, ce sont les broderies de la housse de couette. Mais la couette, c'est une pépée prête à tout pour arriver à ses fins. Au lieu d'une Delphine Seyrig bourgeoise jusqu'aux ongles de pied, Clémence fera une Jacqueline Maillan jeune, un peu Madame Sans-Gêne mais à La Muette. Son idée, c'est de refaire *Emily in Paris*. En version trash. Une jolie fille dans un joli décor avec beaucoup de vannes, de méchancetés, d'incongruités. Entre les lèvres de Clémence, elles sonneront juste. »

Pourquoi pas ? Si cela relançait la vie du livre, tant mieux. Quant à Clémence, parler d'elle avait suffi : j'avais envie de la revoir. Elle était attachante. Le mot amusa Frédéric :

« Je dirais plutôt "collante". Je vous préviens : elle ne nous lâchera pas. Car vous verrez samedi, à la première du film : comme actrice, elle ne vaut pas grand-chose. Elle n'a jamais pris de cours de comédie. Si on la plante là, elle va s'écraser par terre. Et elle le soupçonne. Car elle est très intelligente. »

19.

Un mois plus tôt, EDF avait annoncé que 32 de ses fameuses centrales nucléaires étaient à l'arrêt. Sur 56 ! Officiellement pour vérifier « les phénomènes de corrosion sous contrainte ». Toujours ce charabia pseudo-technique pour parler de fuites, de ruptures, de fêlures... Ses ingénieurs ne cessent d'allonger la vie des réacteurs comme du chewing-gum. À force, la France se retrouve avec un parc de sexagénaires liftées, teintes en blondes, tartinées de rouge à lèvres, hors d'haleine et à moitié catarrheuses. Avec ça, à peu près impossibles à réparer : se lécher le coude est plus facile que scier des tuyaux au cœur d'un réacteur. Je m'en étais régalé dans une chronique. Comment peut-on s'affoler chaque matin pour Zaporijjia en Ukraine et s'emballer pour Flamanville ?

À cause d'une cuve mal conçue, les soudures y donnaient déjà des signes de faiblesse. Mieux encore : on installait des amortisseurs pour calmer les vibrations inattendues des premiers essais. Après treize ans de chantier ! Les doigts de pied en éventail à Saint-Tropez, Édith n'avait pas bronché à la lecture de mes moqueries. La rédaction, en revanche, s'est manifestée. Anaïg, une Bretonne de Concarneau, a pointé le museau. Pendant des années, nos rapports s'étaient bornés à des visites d'ordre médical. Cantonnée aux pages « art de vivre » de la fin du journal, elle souffrait des mesquineries de sa chef de service. On la traitait comme Bécassine. Les bonnes enquêtes lui passaient sous le nez et son talent se résumait à récupérer des photos, couper des textes et traiter les sujets disons ménagers. Comme je l'aimais bien, je remplissais avec scrupule mon rôle de psy (un bon tiers du travail d'un rédacteur en chef). Son sourire affinait une taille rondelette. Dans le genre dadame, elle avait du charme. On la sentait gentille. Pour finir, on l'avait rapatriée parmi les reporters. Excellente initiative : sur le terrain, cette coupeuse de cheveux en quatre soulevait chaque pierre, rencontrait le ban et l'arrière-ban, ouvrait grand ses oreilles et rapportait des papiers irréprochables. Et puis, elle était bretonne. Je l'aimais bien. Surtout à distance, en fait. En tête à tête, elle n'avait que le mot « déontologie » à la bouche. Ça n'a pas manqué.

Socialiste de cœur depuis sa première dent de lait, elle n'osait pas encore défendre le nucléaire. Mais militante à temps complet depuis sa première dent de sagesse, il lui fallait toujours un ennemi à pourfendre. Elle avait déjà trouvé les bassines, la chasse, les engrais, la corrida. Depuis plusieurs mois, elle se faisait les griffes sur les « éoliennes ». Terrestres ou maritimes, elle les poursuivait de sa hargne. Qu'il n'y en ait que 8 000 en France sur 550 000 kilomètres carrés, soit une tous les 70 kilomètres carrés, ne lui ouvrait pas les yeux sur l'outrance de ces cris d'orfraie. À Cancale, le calvaire des coquilles Saint-Jacques lui fendait le cœur. Au large de Saint-Malo, c'était celui des crabes à pinces bleues. Elle venait me vanter les vertus de l'atome qui n'émet pas de CO_2. Pire : elle proposait d'aller à Flamanville. En matière de photos, EDF promettait tout ce qu'on voulait. Avec moi, autant décrire l'arc-en-ciel à un aveugle. Je l'ai arrêtée tout de suite. Plutôt me couper un doigt que de lancer moi-même ce reportage. Je n'étais pas d'humeur à palabrer. Ni à me faire agresser. Dès qu'on conteste un point de vue climatique, ces écolos nous traitent de fascistes. Sous leurs moustaches de petits chats, ce sont des tigres. Un seul remède diplomatique : lui abandonner sur-le-champ d'autres proies. Le temps d'aller chercher deux cafés, j'ai trouvé la solution. Avec une sucrette, je lui ai servi Notre-Dame de Paris sur un plateau.

Dire que de Versailles à la Sainte-Chapelle et de Beaubourg à la pyramide de Pei, l'architecture s'était toujours tout autorisé chez nous. On n'en était plus là. Une nation joueuse comme les cartes s'agrippait comme une petite vieille au parapet du patrimoine. La reconstruction extérieure de la cathédrale m'avait sorti de mes gonds. Dans le journal, j'avais passé les images d'une toiture vitrée couvrant une promenade dominant Paris, d'une autre couverte de vitraux, d'une troisième donnant un effet « cristal de Baccarat ». Des idées iconoclastes qui auraient emballé le monde. Rien à voir avec un maquillage à la Cléopâtre. Juste une résurrection tournée vers l'avenir. L'Élysée avait balancé ces idées à la corbeille. Tétanisé par Stéphane Bern, le « Château » avait dit niet. Heureusement que Pompidou n'avait pas eu ces angoisses de petit vieux au moment de Beaubourg, ni Mitterrand pour la pyramide. Ils avaient des mains pour s'en servir. Cette poule mouillée de Macron avait choisi un nettoyage à l'eau bénite. Aucune rature sur le vieux grimoire de l'île de la Cité ! Si les architectes du XIIe siècle avaient eu la même frilosité, ils nous auraient élevé une bonne grosse basilique romane. Notre merveilleuse arrogance avait disparu – comme tout le reste, il faut bien dire.

Le pire, c'est que ça recommençait à l'intérieur de l'édifice. Au lieu de s'offrir de nouveaux vitraux comme en dessinèrent Cocteau, Braque, Geneviève Asse et tant d'autres, on allait garder les affreuses grisailles de Viollet-le-Duc. Tout comme les misérables chaises en paille du chœur. Plus bête encore : pas de nouveaux éclairages électriques dans une ville où ils enchâssaient divinement nos ponts et nos façades classées. Au moindre coup de plumeau, les capuches noires de l'Inquisition patrimoniale criaient au sacrilège. Ça me rendait malade. J'ai chauffé Anaïg au micro-ondes en lui tendant deux papiers : *Le Figaro* et *Le Monde* s'y régalaient des bisbilles du clergé sur le sujet. Je jouais sur du velours : ravie d'asticoter des curés, elle a oublié éoliennes et surgénérateurs. Allumée comme un cierge, elle est partie casser du corbeau.

Qu'en penserait Vincent Bolloré ? Mystère. Peut-être m'imposerait-il en pénitence une chronique de Stéphane Bern sur les Rois mages. On verrait bien. De toute façon, j'espérais bien être parti avant. Kergantelec s'impatientait. Les fenêtres réclamaient mes indemnités de départ.

20.

Ça n'a pas manqué. Dès l'aube du lendemain, Capucine Almesiy m'a bombardé de sms et de messages sur mon répondeur. Depuis des années, aucun sujet religieux ne lui échappait. Elle était déjà au courant des coups de fil que passait Anaïg. Deux ou trois copains de l'archevêché l'avaient appelée. Elle était aux cent coups. Qu'allaient penser ses fameux « contacts » au Vatican ? Elle y était comme chez elle. À l'avènement du pape François, partie le lendemain pour l'Argentine, elle avait rencontré pendant quinze jours tous ses collaborateurs et ses amis. Or, à ce moment-là, à peine installé à Rome, le Saint-Père appelait régulièrement Buenos Aires pour faire ses adieux et organiser le transfert de ses affaires. Tous les jours ou presque, quelqu'un lui parlait d'une journaliste française confite en dévotion mais curieuse comme une pie. Un mois plus tard, quand il l'avait rencontrée, il était tombé dans les bras de la fameuse Señora Almesyi. Depuis, elle couvait cette relation comme un œuf pascal. Millionnaire, elle passait sa vie aux Puces, mettait la main sur tout et n'importe quoi et lui avait offert des tableaux représentant sainte Thérèse de Lisieux, des chapelets égrenés par des mains connues, des bouteilles de châteauneuf-du-pape... Pour les trente ans du journal, elle avait obtenu qu'il nous envoie une lettre amicale. Ça faisait un peu grenouilles de bénitier mais on était babas de surprise. Le numéro-anniversaire en avait fait des tonnes dans la mise en pages du message papal.

J'ignore ce qu'elle vaut vraiment en théologie mais, concierge comme elle seule, Capucine a un vrai don pour dégoter la petite information négligeable dont tout le monde va se régaler. Lors du passage de Jean-Paul II, par exemple, la Nonciature lui avait signalé son goût pour le « Caprice des Dieux » et elle l'avait écrit. On en riait encore quand l'industriel, aux anges, en avait envoyé une caisse ventrue au journal. À part ça, elle n'avait jamais compris qu'une phrase peut faire moins de cinq lignes. Les siennes regorgeaient de subordonnées, de conjonctives et de relatives. Elle casait les informations les unes par-dessus les autres, ne pouvait pas citer un prélat sans énumérer tous ses titres, donnait du « Son Éminence » à tour de bras et, une fois, en avait même évoqué un comme « Sa Béatitude ». Quand ses papiers arrivaient, je coupais dedans sans pitié. Sans effet. À l'épreuve des balles et invulnérable à la critique, Capucine repassait derrière pour remettre en place chaque information. Que le rewriting supprimait à son tour. Sur quoi, elle revenait dans la nuit pour retourner à la version initiale qu'à l'aube, le secrétariat de rédaction tentait d'amaigrir. On n'en finissait jamais et, le mardi midi, à l'heure du bon à tirer, elle était encore là à vendre chacune de ses virgules comme un marchand de tapis. Bref, elle était agaçante mais, pour peu qu'aucun papier ne se glisse entre nous, on s'entendait comme larrons en foire. Quand elle a rugi contre Anaïg et expliqué qu'elle allait la fâcher avec je ne sais quel chanoine, je lui ai rappelé qu'elle avait eu la peau du dernier archevêque de Paris trop enclin aux promenades dans les bois avec une paroissienne. Puis je l'ai invitée à déjeuner. On s'est donné rendez-vous au musée Guimet.

On se retrouvait toujours à l'entrée, au pied du Brahma aux quatre têtes coiffées en chignon. Comme d'habitude, habitant à deux pas, elle était en retard. Je l'ai attendue dans la salle voisine en observant la reconstitution du Bayon d'Angkor Vat en carton posé sur des miroirs représentant l'eau des bassins sacrés. Je pourrais rester des heures à admirer ces centaines de colonnes, de statues, d'escaliers et de coupoles en papier mâché. Je trouve affreuses les architectures chinoises, khmers ou thaïes mais j'adore ce musée où des cartels longs et clairs expliquent ce qu'on voit. Rien à voir avec le Louvre où ils les abrègent pour mieux fluidifier le flot des visiteurs. Surtout que personne ne traîne ! Parfois Capucine et moi parcourions les salles. Dans la section japonaise, elle rêvait que je vole pour elle un éventail d'Hiroshige. En échange, elle me promettait une dague indienne à tête de cheval aux poignées en jade et cristal de roche.

Elle a fini par arriver. Cent mètres plus loin, au sixième étage d'un immeuble de la rue de Lübeck, elle avait transformé son duplex en une espèce de château où on pénétrait par une entrée démesurée, pavée de marbre et dotée d'un majestueux escalier en bois sculpté. Effet royal : on se serait cru à New York. Sauf que, dans ce palais, elle menait une vie de squatter. Son père, un métallurgiste hongrois réfugié en France dans les années 40, avait rebâti sa fortune grâce à de mystérieux aciers mais, lors de nos premiers déjeuners, on s'était contentés de sandwichs au pain de mie dans le salon face aux baies vitrées donnant sur la tour Eiffel. Il y avait bien des femmes de chambre mais, toujours hongroises et ne parlant jamais le français, elles n'étaient bonnes qu'à faire des goulashs. Capucine les employait le temps qu'elles apprennent la langue puis les remplaçait. Quand elle donnait des dîners, Carette, le traiteur du Trocadéro, prenait tout en main. Du coup, d'habitude, je l'emmenais au chinois du coin. Cette fois-ci, pour profiter de l'été, on est allés aux Petites Mains, sous les arcades du Palais Galliera, au bout de la rue. Le musée en parle comme de sa guinguette. Une vraie blague : chaque table empeste la fashion week, la bourgeoise accessoirisée, la dir-com liftée et le branché 2.0. Rien à voir avec le petit vin blanc, les bals musette et Casque d'or. On a pris deux soles mais, avec elle, au menu, ce que je préfère, ce sont les commérages. Et là, c'est buffet à volonté. Elle connaît tout le monde à Paris.

Parmi ses copains d'enfance, il y avait « Vincent ». Elle avait été en classe avec une de ses sœurs. À moins qu'elle l'ait connu au rallye Ségur. Ou au Racing. Ou dans je ne sais quel Summer Camp. Ces enfants de millionnaires fréquentent tous les quinze mêmes endroits. En tout cas, elle l'appelait par son prénom. Selon elle, il avait déjà glissé un pied dans la porte de *Scoop*. Pour remettre des bûches dans la cheminée du groupe un peu équarri par le Covid. Depuis des mois, elle se réjouissait de son arrivée imminente. Et précisait, tout sourires, que l'orchestre en place allait vite quitter la salle. Elle n'en savait rien mais détestait Édith qui ne transformait pas *Scoop* en house-organ du Vatican, ne répondait pas à la seconde à ses appels téléphoniques et n'employait pas avec elle le ton qui convient. Ses doléances m'ont amusé un moment mais là, j'en ai eu assez. Je lui ai demandé où en était son enquête sur le Vatican et les Verts.

Selon elle, les catholiques étaient ravis de voir apparaître de nouveaux prophètes de malheur. Les imprécations d'Isaïe, les plaintes de Jérémie, l'arrogance d'Ézéchiel donnaient à l'Ancien Testament un ton catastrophiste, déplaisant, décourageant et négatif. L'humanité était mauvaise. Le contraire du message que l'Église voulait désormais porter. Or, miracle, les écologistes se chargeaient désormais du fardeau. À eux d'annoncer les catastrophes, de vitupérer l'humanité, d'invoquer la férocité de la Déesse Terre, de jouer les oiseaux de mauvais augure. D'après Capucine, les huiles du Vatican travaillaient jour et nuit à une nouvelle théologie du bonheur où Satan, au lieu du rouge, porterait des couleurs vertes. Je venais de lui donner l'imprimatur pour aller à Rome quand mon portable a vibré pour la troisième fois en cinq minutes. Je pressentais un enquiquineur mais j'ai répondu. Bonne pioche, c'était Coco Contexte !

« À cette heure, j'imagine que tu es à table. Je t'appelle à propos de votre couv Florent Pagny. Où vous en êtes ? »

Sale peste. Ce sujet était au-delà du confidentiel. Un grand ami de Pagny devenu photographe de guerre ferait les photos pendant le week-end. C'est aussi lui qui mènerait leur dialogue. À part la sténo chargée d'enregistrer leurs propos, personne dans la rédaction n'était au courant. Je me suis demandé si elle bluffait. Pas question de tomber dans son panneau. J'ai botté en touche :

« D'où sors-tu cette galéjade ?

— Viens à la projo, demain au Wepler. Je te le dirai.

— Je m'en moque, c'est faux.

— Non, c'est vrai. Et, puisque tu te prends pour un vrai rédacteur en chef, tu devrais t'intéresser à ce que j'ai à te dire. »

Sur quoi elle m'a raccroché au nez. Or c'était vrai. Et super-secret. Qui informait cette punaise ?

21.

J'hésitais. À babord, deux jours sur l'île avec Louis et Aurélien. En juillet, un vendredi, je ne trouverais aucune place de TGV mais BlaBlaCar pouvait encore me sauver. À tribord, le Wepler et la première de Clémence. Gildas, le responsable du site de *Scoop*, a tranché pour moi. Depuis deux ans, à midi, il signalait les articles les plus consultés. Au début, on ne l'écoutait que d'une oreille. Jusqu'au jour où il avait signalé que la mort de Paul Walker mettait le feu au réseau. Paul Walker ? À la direction, personne n'avait jamais entendu ce nom. C'était la star de *Fast and Furious*, une franchise hollywoodienne dont il partageait la vedette avec des Porsche et des Ford Mustang. De la testostérone mécanique pour ados décérébrés. Garantie abasourdissante. Sauf que les sept premiers films avaient attiré 23 millions de spectateurs dans les cinémas français. Et voilà que ce Walker s'était tué dans une voiture de course. Par une intuition miraculeuse, on avait mis en couverture le visage de ce beau mec grillé à 40 ans par son instrument de travail. Bingo : la vente de l'année ! Depuis, on écoutait religieusement les oracles de Gildas. Or il a évoqué la projection au Wepler, le lendemain. Le site crépitait. Il m'a conseillé d'emporter mon invitation. La carte de presse ne suffirait peut-être pas. On attendait la foule. Lui y serait. Ça m'a surpris. Avec sa silhouette arrondie, ses lèvres découpées en sourire éternel, sa barbiche et sa définitive dégaine d'étudiant, il donnait plutôt dans le genre noble, disciples de Bergman, l'école Godard. Résultat : j'y suis allé.

Pour une première, j'ai mis une veste. Vert tilleul, pâle, élégante. Qu'est-ce qui m'a pris ? D'abord, par cette chaleur, je ruisselais. Ensuite, dans la foule qui bloquait l'entrée du cinéma, j'avais l'air d'un revenant Belle Époque, à peine sorti de la *Revue des Deux Mondes*. Dress-code impitoyable : T-shirts, baggys multipoches, sweats over-size, tenues de jogging, crop-tops… Les filles avaient les cheveux bleus, verts ou roses. Les garçons portaient des bagues à tous les doigts. Les tatouages étaient de sortie. Je ne parle pas des chaussures : tennis, baskets à semelle XXL, combat-shoes… Il y avait même des claquettes. J'ai regardé ailleurs. Sac à dos pour tous les mecs ou presque. Dès qu'ils bougeaient, ils bousculaient deux personnes. Pour les filles, en revanche, mini-sacs obligatoires. On dit micro-bags. On se serait cru à Palavas. C'était les vacances. Ça hurlait devant, derrière, partout. Tous tendaient leur portable à bout de main. Pour rien. Il n'y avait pas de tapis rouge. L'équipe se faufilait par l'arrière. On n'était pas à Hollywood. Paris la jouait « première » à sa façon, avec mauvaise conscience. Je me suis glissé vers l'entrée VIP. Si les gamins m'apercevaient, ils allaient m'épingler au mur comme un frelon, sans méchanceté, juste à titre documentaire.

Deux jeunes filles cochaient le nom des invités sur une liste. Et sous l'œil de Coco. Son regard a glissé sur moi comme sur un vieux journal abandonné. Dans le hall, j'ai aperçu Gildas. Et, un peu plus loin, Monica. Oubliée, la tricoteuse de la SDJ. Maquillée et en tenue Balanciaga, elle bavardait avec François Ozon. Elle a paru stupéfaite de me voir :

« Depuis quand tu t'intéresses aux films féministes ? »

Première nouvelle. Clémence ne m'avait pas signalé ce détail. Ça promettait. Je lui ai demandé depuis quand elle se coiffait avec une raie au milieu et deux mèches laquées sur le bord. On aurait dit Proust. Elle n'a pas démenti :

« Exactement. Et sur qui on tombe quand on part à la recherche du temps passé ? Sur toi ! Réfléchis-y. »

Je n'en étais que trop conscient. Avec mon Dockers beige et ma chemise blanche Agnès b., j'avais l'air d'une pub froissée pour Ralph Lauren.

Je me suis réfugié dans la salle. Même cirque. Avec juste un havre de paix, le long de l'allée du milieu. Deux rangs étaient réservés pour les invités de la production. Places nominatives : j'ai trouvé la mienne, en première ligne, sur la droite, presque à l'extrémité. J'avais toute la place pour mes jambes. Et la clim soufflait. Merci Coco. À côté, sous la capuche rose de son sweat-shirt, j'ai reconnu un ancien attaché de cabinet de Bernard Cazeneuve, un gamin surexcité qui s'occupait de la culture pour Matignon. Un peu folle mais pas fou, il ne portait plus sa cravate. Debout, à trois pas, très jolie, Clémentine Autain, la députée insoumise, nettoyait ses lunettes. De soleil ! Je me suis fait tout petit. Six mois plus tôt, je m'étais régalé de son dernier roman. L'histoire d'amour d'une faucille et d'une pince à sucre. Un député de droite la « transportait dans les vapeurs du désir ». Elle n'en revenait pas de coucher avec un réactionnaire. J'avais parsemé mon papier de citations. Je me suis réfugié dans mon iPhone. Plus loin, Juan Branco est venu s'asseoir. Il fallait être dingue pour l'inviter. Quand il n'appelait pas à la création de tribunaux populaires, le nouveau Che Guevara crachait sur tous ses amis. Il avait révélé l'homosexualité d'un ministre qui avait été en classe avec lui. Plus tard, pour attirer l'attention, il avait prétendu être l'avocat de Julian Assange. Dans le milieu, pour dire « un opportuniste », on disait « un Juan » ou « un Branco ». Grillé partout, il avait été candidat aux législatives pour la France insoumise. Et balayé au premier tour. À part ça, il a salué à peu près tous ceux qu'il ne tarderait pas à insulter. Cette feinte camaraderie m'a épuisé. Une espèce de douce fatigue s'est abattue sur mes épaules. Encore un peu et j'allais m'assoupir. Comme au théâtre.

Le public s'est mis à hurler. Et à applaudir. Yann Barthès descendait l'allée. Avec deux copains. Un vrai triomphe romain. Il s'asseyait à peine que l'équipe du film s'est avancée sur la scène. Nanette Jouan, la réalisatrice, Thomas Machin-Truc, l'acteur principal, Clémence et, premier à s'exprimer, Frédéric. Jean slim et chemise denim à col mao ton sur ton mais des richelieus aux pieds et une Reverso au poignet : je lui aurais mis vingt sur vingt ! Plus un sourire grand écran : à croire que ses dents pouvaient croquer le fer comme du nougat. Il n'a pas abusé de son temps de parole. Il a révélé le montant du budget, 8 millions d'euros, remercié l'Avance sur recettes et affirmé sa fierté d'avoir participé à un film « utile aujourd'hui à notre société ».

Ouille, ouille, ouille. Ça n'annonçait rien de bon. Surtout avec cette réalisatrice ! C'était madame Bonnes Intentions. Dans son film précédent, une employée de Calais aidait un Somalien à passer en Angleterre. Dès la première phrase, elle a annoncé deux heures de confrontations au palais de justice d'Abbeville. Quelle horreur ! En gros, et en quelques secondes, on a compris que, pour elle, la France contemporaine se résumait à Dreyfus, Pétain, Le Pen et Macron. Elle a parlé de conscience, du devoir des artistes et de la force de la réalité. Cheveux mi-longs gris, petites lunettes rondes, pantalon et chemisier gris, elle aurait pu jouer une prof sexy. Le public a gobé en silence ce carnaval de mots creux. Puis il a applaudi mollement. Avant de hurler de joie quand elle a passé la parole au fameux Thomas.

En jean, chemise de bûcheron et chaussures de trappeur, il cachait les tatouages dont Clémence s'était moquée dans *Scoop.* Grand, les cheveux presque rasés, il a parlé en marchant le long de la scène. Disons, en bondissant. Il avait l'air sur ressorts. Son visage ne m'a pas paru aussi beau que, cinq minutes plus tard, sur l'écran. Avec ça : très convenable, il a condamné les violences faites aux femmes dont il allait être accusé dans le film. Il a eu un mot pour #MeToo et les filles dans la salle l'ont acclamé. À ma gauche, Rose Capuche le filmait avec son portable. Ce type avait la cote. Et n'en abusait pas : il a vite passé la parole à sa « nouvelle petite sœur » – à qui il allait bientôt balancer des beignes dans presque chacune des scènes de Clémence.

Envolée, la perruque noire. Elle était redevenue blonde. Plus de crop-top non plus, ni de mini en lycra. Juste une ado ravissante en jean T-shirt. Plantée devant nous, elle s'est exclamée : « Wesh ! » La foule a rugi. Trois cents Wesh lui ont répondu. Et elle s'est lancée :

« Ok, on est bien d'accord : ne tenez aucun compte de ma tenue ni de ma coiffure, ce soir. Je fais pitié. C'est pas que je ne me suis pas défoncée pour vous. Mais, comme vous ne m'avez jamais vue, je mets celle du film. Histoire que vous ne me confondiez pas avec une des empoisonneuses qui veulent absolument que je porte plainte contre mon mec. Vous allez voir : la prof, la juge, l'avocate… Plus j'en encaisse, mieux elles se portent. Bon, c'est pas dramatique, non plus. Elles veulent absolument faire de moi une victime mais elles ont quand même des qualités. Et puis je suis comme la paumée que j'interprète : les gens m'intéressent plus que leurs affirmations. Et maintenant, bonne projo. Je vous embrasse, tous. Surtout les mecs. »

Elle dégommait son propre film. Histoire qu'on comprenne bien, elle laissait passer quelques secondes entre chaque phrase. Je n'en revenais pas. À la fin, la salle scandait son prénom. Elle n'avait pas loupé son coup. Les quatre sont descendus de la scène. Par la gauche pour Frédéric et la réalisatrice. Par la droite pour les acteurs qui ont choisi de remonter l'allée de mon côté. Et là, à mon niveau, Clémence s'est arrêtée, a fait quatre pas dans l'allée centrale et m'a embrassé sur la joue avant de filer. Je planais en pleine extase quand les lumières se sont éteintes. Le film m'a ramené sur Terre.

L'histoire était vite résumée : Clémence était amoureuse de Thomas qui la giflait. Sa prof s'en apercevait, se régalait d'avoir une déglinguée à protéger et la forçait, contre sa volonté, à porter plainte. L'avocate et la juge sautaient sur l'affaire. Elles ne s'apercevaient même pas que Clémence et Thomas s'étaient remis à la colle. Les gamins n'étaient que deux étiquettes sur leurs dossiers. Peu importe : on ne voyait qu'eux. À Larmor-Baden, Clémence m'avait parlé d'un tout petit rôle. Tu parles ! Tout reposait sur elle. Dès qu'elle apparaissait, elle ferrait l'attention comme un hameçon. S'il ne s'en rendait pas compte, Frédéric avait des trous à la place des yeux. Puis on retournait dans le cabinet de la juge qui voulait absolument en faire une pauvre victime. Une buée de morale collait à la caméra. C'était lent comme la messe. Sans Clémence et Thomas, on se serait cru dans un téléfilm. Pour finir, la morale était sauve. Thomas était condamné à je ne sais plus quoi. Franchement, ça n'était pas mal. La salle a applaudi. Rien de délirant. Les spectateurs ne viendraient pas. La critique, en revanche, allait adorer ces adultes si concernés par des souffrances si opportunes.

22.

Je suis allé au lounge. Un grand mot. On n'était pas au Rex, plutôt en province, dans les petits festivals où ce film « tellement humain » collectionnerait des prix. Une salle basse de plafond, une table où un serveur proposait du champagne ou du vin, quelques dessertes avec mini-sandwichs et amuse-gueules. Ni gin tonic ni whisky au programme. Je me suis contenté d'un Perrier. Le public d'intouchables avait disparu. Restait un bel échantillon de la gauche brahmane, insoumise, suffisante et culturelle. Des aristos de gauche toujours à dénoncer le 1 % de milliardaires français pour soigneusement cacher qu'ils appartiennent aux 10 % de privilégiés qui tiennent le pays.

Frédéric est venu me parler trente secondes. Clémence m'a adressé des bises du bout des doigts. Je ne connaissais personne. Mais je reconnaissais à peu près tout le monde. Paris, quoi ! Un beau mec balaise m'intriguait dans le groupe proche de Clémentine

Autain. Lui aussi portait une veste. Sa tête me disait quelque chose. Quand Coco lui a parlé à l'oreille, j'ai reconnu Alexandre Benalla, l'agent de sécurité d'Emmanuel Macron. À l'époque, il avait tabassé un manifestant et toute la gauche avait réclamé son scalp. On n'en était plus là. Il semblait parfaitement à l'aise avec ses nouveaux amis de l'autre bord. Ça m'est revenu : au moment du scandale, Coco avait organisé son interview dans *Le Monde*. Encore un de ses coups. Très réussi, il faut reconnaître. Benalla s'en était bien sorti.

J'ai saisi au vol Gildas et Baptiste, le photographe du journal qui l'accompagnait. Une seule consigne : prendre Benalla en photo avec autant d'invités que possible. Pour une fois, je ferais moi-même la critique du film sur le site. J'allais me régaler. Quand elle m'a rejoint, pour un peu, Coco se serait tapé sur les cuisses :

« T'as vu comment toute cette élite à la con accueille mon voyou. À Paris, on n'est jamais déçu. Les grandes gueules finissent toujours par dîner avec ceux qu'ils insultent le matin à la radio. Pour ces pauvres nazes, Alexandre fait partie du décor. Il est des leurs. J'te mets un billet qu'il finira sur le plateau de Barthès. »

Toujours cette façon si élégante de s'exprimer. Décidément, je ne supportais pas cette toupie. Je lui ai demandé si elle parlait sur le même ton à l'Élysée. Visiblement, elle m'a pris pour l'ahuri de service :

« Évidemment. Qu'est-ce qu'tu crois ? Là-haut, ils veulent qu'on leur balance la vérité brute. À quoi ça sert une bourgeoise bardée de diplômes ou un énarque qui parle avec un mouchoir devant les lèvres ? À rien. Ils veulent du cru, du vrai. Pourquoi tu crois que Mitterrand adorait Tapie ? Parce qu'il était brut de décoffrage. Les pas de deux sur la pointe des mots, il connaissait pas. Il gardait ses gros sabots. Et ça, Mitterrand, il adorait.

— C'est pour ça qu'il avait adoré Laval, j'imagine. Cette bonne grosse franchise.

— Lâche-nous avec ça. Oublie ces vieux trucs. Tout le monde s'en fout de Laval. »

Qu'elle, elle s'en moque, j'en étais sûr. Elle aurait fait affaire avec lui jusqu'à sa fuite. Et avec de Gaulle, le lendemain de son retour. Sans insister, je lui ai demandé pourquoi, la veille, elle voulait absolument que je vienne à cette projection. Qu'avait-elle donc à m'apprendre ? Et là, changement de ton, elle est presque devenue aimable :

« C'est à propos de Pagny. Je sais que vous êtes sur le coup. Mais je ne l'ai pas appris par vous. Et ça, c'est nouveau. J'aime bien savoir à l'avance ce qu'il y aura dans votre journal. »

Elle était folle, ou quoi ? Depuis des mois, elle m'insultait et, tout à coup, du jour au lendemain, elle me demandait de devenir son indic. Je l'ai envoyée promener :

« Pour te glisser entre le sujet qu'on traite et nous ? Pour imposer tes photographes ? Pour garantir aux gens qu'on rencontre que tu pourras contrôler les titres ? Tu ne crois tout de même pas que je vais t'aider à nous mettre des bâtons dans les roues ? »

Avec elle, pas de surprise : madame ne se dérobe jamais. Elle t'ouvre les yeux au cutter :

« T'as rien compris. D'ailleurs ça ne m'étonne pas d'un petit bourgeois pétochard dans ton genre. Vous ne voyez jamais plus loin que le bout de votre nez. Ce qui me rapporte du pouvoir et de l'argent, ce n'est pas de me faufiler entre vous et une star. Ça, c'est que des emmerdements. Avec toi qui défends chaque bout de phrase en marchand de tapis et des actrices bêtes comme ce tapis qui se prennent toutes pour Deneuve, je m'arrache les tifs. Non, moi, ce qui me rapporte, c'est d'être informée ou d'en avoir l'air. Là, tu peux m'aider. Et moi, tu peux pas imaginer le nombre d'ascenseurs que je te renverrai. »

J'en ai eu le souffle coupé. Elle me proposait tranquillement de trahir mon journal. Pas question de répondre. Agacée par ce silence, elle a mis les points sur les i :

« Pour le papier sur Pagny, je sais que vous avez une grande signature. Mais j'ignore qui. Si tu me le dis, je pourrai appeler TF1 et les prévenir d'organiser les premiers un plateau le soir de votre parution.

Ils ont un scoop, ils baisent France 2, tout le monde est content. Vous, ça booste vos ventes et moi, j'ai un crédit à TF1. Tu piges ? C'est gagnant-gagnant. Et Instagram l'a dans le cul. Il faut vous secouer dans la presse écrite. »

Mon Dieu qu'elle était vulgaire. Mais pas bête. Cette punaise vendrait du sable aux Saoudiens. Dans ce genre de situation, mieux vaut ne pas réfléchir cent sept ans. Toutes ses combines allaient me donner le vertige. J'ai prononcé le nom du copain de Pagny qui allait écrire le texte. Un héros, photographe de guerre, ami de jeunesse du chanteur. Quelqu'un que personne n'attendait dans ce registre. À qui Pagny dirait la vérité. Et des vérités. Elle m'a balancé un coup de poing en pleine poitrine :

« Toi et moi, on va faire de grandes choses. Je le savais. Sors ton portable que je te donne mes coordonnées, celles où je décroche. Tu mets un autre nom que le mien.

— Tu peux pas me les envoyer directement ?

— Non, ceux-là, ils ne sont sur aucune liste. Même pas sur la mienne. J'ai la justice au cul, pauvre naze. Si tu m'expédies un message, mon nom ne doit pas apparaître sur ton écran. De toute façon, ensuite, dès que tu l'as mailé, tu l'effaces. »

Ensuite elle m'a envoyé claquer une bise à la star.

Clémence m'a sorti le grand jeu. Elle s'est carrément entortillée autour de moi. Elle voulait qu'on aille finir la soirée chez Castel. Chez Castel ! Avec tous les vieux de l'époque VGE. J'étais complètement dépassé mais je n'en étais quand même pas là. J'ai mis les voiles.

23.

Coincé à Paris, j'ai passé le dimanche à penser à Clémence. Et à attendre un coup de fil. En vain. J'ai lu le *Journal* de René Fallet. Je n'avais jamais ouvert ses livres. Son côté « fils du peuple » ne me disait rien. Comme Brassens, son meilleur copain, il portait une grosse moustache et avait toujours pipe ou clope au bec sur les photos ; trop « chasse, pêche et apéro » pour moi. Je préfère La Fontaine et Oscar Wilde. Mais, traversant l'open-space de *Scoop*, j'avais piqué l'ouvrage sur le bureau de la culture. Divine inspiration. Ce type carré, libre, individualiste, tendre, acide, gentil, féroce et souvent amoureux a fait filer la journée, réduisant Clémence à un charmant petit nuage sur l'océan. Pas du tout le genre à parler de « son œuvre ». Mais bosseur comme lui seul. Quand il avait l'idée d'un roman, il s'y mettait et le rédigeait en quatre mois. Et ça marchait. Le cinéma en achetait les droits, les libraires en écoulaient des stocks, les jurys littéraires y allaient de leur hommage. Le seul regret de Fallet était d'être rangé dans la catégorie « littérature populaire ». Il l'avait cherché mais il en souffrait. À part ça, il avait accompli son rêve : n'avoir aucun chef. Être libre. Ça me laissait songeur. Avoir un chef ne m'a jamais gêné. J'étais devenu rédacteur en chef parce que ça se faisait dans la famille. Mais je hais les jours où je dois tenir le rôle.

En juillet, Édith partie pour Saint-Trop, impossible d'y couper. Une fois par an, c'était ma mission par intérim. En particulier le mardi, jour de la conférence générale où tous les journalistes proposent des sujets de reportage ou d'enquête. À croire qu'Air France sponsorise la réunion : ils ont toujours de lointains sujets brûlants. Ce jour-là, ils sont tombés sur un os : Fallet aidant, j'étais plus terroir que jamais. J'ai refusé à Monica une invitation à Los Angeles pour l'interview de Charlize Theron parlant de son prochain film. Qui a envie de lire le bla-bla d'une star ronronnant sur ses partenaires, son metteur en scène et le sens de son rôle ? J'ai aussi envoyé promener la critique d'art qui voulait passer deux jours à Amsterdam pour une expo Frans Hals ou Ruysdael ou je ne sais plus qui. Un génie, en tout cas, qui avait peint un poisson auquel ne manquait aucune écaille, ni aucune nervure de nageoire. Elle n'en revenait pas. Même les algues et les cailloux au fond de l'eau semblaient pris en photo. Au passage, sur un ton rebelle,

elle s'est moquée des œuvres contemporaines de François Pinault ou de Bernard Arnault auxquelles nous consacrions rituellement des pages. Elle était remontée :

« Parce que ce sont de gros annonceurs publicitaires, on couvre d'hommages leurs croûtes alors qu'on passe sous silence les grands maîtres qui, eux, savaient tenir un pinceau. »

À longueur d'année, cette précieuse ridicule tressait des couronnes à tous les artistes qu'elle traitait dans le journal. Surtout ne pas se mettre mal avec les galeries qui lui baisaient la babouche. Je me demandais comment lui clouer le bec. Je n'allais pas faire mon cuistre et citer Pascal se moquant des peintres qui attirent l'attention par la ressemblance des choses dont on n'admire pas les originaux. Monica m'a tiré d'affaire :

« Personne n'a jamais vu les écailles d'un poisson dans l'eau. Quand on les entraperçoit une seconde, ce sont des missiles argentés qui filent au loin. Tout ce qu'on peut en retirer, c'est une impression, sûrement pas une photo. Les représenter arête par arête, ce n'est pas de l'art, c'est juste du travail. On s'en fout de tes Hollandais. Des écailles de poisson, quel intérêt ? »

Le ton est monté. Je buvais du petit-lait. Les journalistes ne sont unis que face à la direction. En son absence, entre eux, ils redeviennent de vraies pestes. Or je ne comptais pas : j'avais un titre et une ancienneté mais tous me prenaient pour ce que j'étais, du Canada Dry. Dès le retour d'Édith, je redeviendrais purement décoratif. On en était passés à l'Ukraine quand mon portable a sonné. Coco Contexte ! Encore elle. Une seule chose à faire : ne pas répondre. Sauf qu'on était un mardi.

Pour ne citer que quelques ventes glorieuses de *Scoop*, la catastrophe du Concorde, la chute des tours du World Trade Center, la mort de Grace Kelly au petit matin du mercredi, beaucoup d'autres ont eu lieu après la signature des bons à tirer. Ce jour-là, quitte à refaire en catastrophe la moitié du journal, les hebdomadaires saisissent l'information par les cheveux pour arriver en kiosque en même temps que les quotidiens. Du coup, impossible d'échapper à Coco. Aussi odieuse qu'elle fût, c'était la personne la mieux informée de la place après le ministre de l'Intérieur. Si je laissais filer une exclusivité à *Match* ou au *Parisien*, Édith serait trop heureuse de me crucifier. Quand j'ai répondu, elle m'a sauté dessus :

« Pas encore parti barboter dans les flaques en Bretagne ?

— Et toi ? Déjà tartinée d'huile à lutter contre les moustiques sur les plages de Saint-Trop ?

— Parle pas de ce que tu ne connais pas. J'ai besoin de te voir. Fissa. Rendez-vous à 13 heures au San Francisco. Capito ? »

Au San Francisco, la cantine de *Match*, au pont Mirabeau. Ça ne m'arrangeait pas mais elle commençait à m'intriguer. Et même à me plaire. J'aime les méchants. Elle aussi, d'ailleurs :

« Et merci pour ton filet de bave sur la première de Clémence. Dommage que personne ne lise le site minable de ton canard. C'est de la bonne promo, saignante et méchante. On l'a mis sur Twitter et Facebook. Le public ne se rappellera même pas que tu te fous des invités, il ne se souviendra que de leur liste. Et puis tu as loupé la meilleure : tu aurais pu dire que Frédéric est un héritier Wendel. C'est le "Comité des Forges" qui finançait ce bon film gaucho bien-pensant. Et payait le champagne de tous ces révolutionnaires. »

En effet, ça aurait fait deux ou trois phrases marrantes. Ça m'apprendra à n'avoir pas consulté Wikipédia. La fiche de Frédéric aurait ajouté un peu de vitriol au papier. Je lui ai demandé pourquoi elle ne me l'avait pas dit. Réponse : je n'avais qu'à faire mon boulot !

« Bon, là-dessus, rendez-vous à 13 heures. Tapantes. Déconne pas. »

Mon Dieu qu'elle était commune !

24.

Bien entendu, j'ai été ponctuel, je le suis toujours. Pas elle. Installé sur la terrasse, je l'ai attendue un bon quart d'heure. Par cette chaleur, à peu près toutes les tables étaient libres mais ils m'ont installé juste à la hauteur d'une des seules occupées. Et là, spectacle : de l'autre côté de l'allée centrale, le bras posé sur la chaise vide à sa droite, trônant en pachyderme, Étienne Lumière pontifiait. Trimalcion à son banquet ! La voix grave et forte, la veste tombée, les boutons de la chemise prêts à sauter, les manches retroussées, incarnation du bourgeois de Flaubert monté à la capitale, il évoquait ses vacances : Sardaigne, yacht, plages… Dire que ce bouffon était un proche du président ! Et songer que l'Élysée comptait sur lui pour ramener la droite dans son giron. Face à ce haut-parleur, Jean-Louis Borloo, minuscule et fripé comme une pomme fatiguée, tendait une oreille assoupie. Tout à coup, venant de la première table à l'entrée,

Thierry Ardisson s'est approché pour leur serrer la main :

« Je ne pouvais pas vous apercevoir sans vous saluer. Et à bientôt. »

Puis il s'est retourné et m'a aperçu, « Tiens, t'es là, toi » et m'a serré à mon tour la main. D'un aller et retour pressé de la tête, il a ajouté « Vous vous connaissez, bien sûr ». J'avais rencontré Borloo une ou deux fois et même déjeuné une fois en tête à tête avec lui à son ministère et j'ai donc dit « oui ». Mais si froidement qu'Ardisson est reparti sans insister vers sa convive, une blonde élégante. Or qui arrivait juste à ce moment-là ? Coco. Elle est tombée dans ses bras. À peine un instant. Puis elle a filé vers moi. Une ample robe noire à manches longues et des tennis de la même couleur, des bracelets dorés superposés sur un poignet, une énorme sacoche en cuir du genre romanichelle Hermès, les cheveux d'un drôle de roux très sombre, la silhouette un peu penchée... Son look hésitait entre la bourgeoise d'Auteuil descendue de son perchoir au-dessus de la Seine et la Roumaine passant vous lire les lignes de la main. En un quart de seconde, elle avait photographié les lieux. Le temps de jeter son sac sur ma table, elle était déjà penchée sur celle de Lumière. Où, à son habitude, elle est rentrée de plein front dans le lard des deux compères :

« Alors, on complote. En buvant un bon et ruineux montepulciano. La France est sauvée. Je rêve de savoir comment mais, comme j'ai quatre paires d'oreilles, on va s'installer un peu plus loin. »

Tournée vers moi, elle a fixé ses consignes :

« On crève de chaud sur cette terrasse. On rentre. On n'a pas inventé l'air climatisé pour les chiens. »

Quand je me suis levé, elle n'a pas pu s'empêcher de me présenter. Deux doigts au front, je les ai salués de loin, Lumière a exprimé sa joie de me connaître, Borloo a poliment fait semblant de se souvenir de moi. Cette connivence m'amusait-elle ou m'agaçait-elle ? Mon quart Perrier à la main, je suis allé y réfléchir à l'intérieur. La salle était vide, ou presque. Je me suis installé à droite de l'entrée, à la table où mes parents ont dîné des dizaines de fois avec les Charpy, leurs meilleurs amis, des journalistes eux aussi, installés rue Mirabeau, trois immeubles plus loin. Ce restaurant, c'était toute mon enfance. Rien n'avait changé depuis les années 60. De l'Italie pur jus, celle du Nord, dans les Alpes, avec un côté chalet. Il ne manquait qu'Alberto Tomba.

C'est plus fort qu'elle, Coco ne peut pas sortir sans emmener son personnage avec elle. La muflerie lui sert de béquille. À peine assise devant moi, elle a réglé son compte à Lumière :

« Ce type se prend pour Talleyrand. Il a des flancs de transatlantique mais, même toutes voiles dehors, une barcasse demeure une barcasse. Je ne le vois pas ramener de gros bataillons au président. »

Ce besoin de dégoiser sur un ton péremptoire. Je lui ai demandé si elle ne jouait jamais d'un instrument autre que la grosse caisse. Et là, changement de ton, elle a sorti la mandoline :

« Pas du tout. C'est même pour ça que je voulais te voir séance tenante. Toi et moi, on doit repartir sur un autre pied. J'ai relu ton interview de Clémence. Elle était parfaite. Et ta critique sur la première du film aussi. Sous tes airs de petit seigneur léthargique, tu es marrant. Et tu écris avec du citron. J'ai eu bien tort de ne pas te lire plus tôt. Je crois qu'on pourrait bien s'éclater ensemble. »

Qu'est-ce qu'elle imaginait ? Que j'allais laper ses flatteries comme un chaton son bobol de lait ? Elle mijotait forcément quelque chose. J'ai tenté de la ramener sur Terre :

« Tout ce que j'aimerais faire avec toi, c'est écrire tes mémoires. Raconter l'escalade d'une mégère passée par la case prison pour terminer comme chez elle à l'Élysée. Ça, ça m'exciterait. Quelque chose comme *Illusions perdues 2022*.

— Pourquoi “perdues” puisque j'arrive où je voulais ?

— Perdues pour Emmanuel Macron que tes combines finiront tôt ou tard par faire plonger. »

Elle a fait mine d'en rire mais je me trompais : dès qu'elle touchait au Château, elle glissait du molleton entre elle et ses mots. Elle leur rendait des services d'attachée de presse, rien de plus.

Évidemment, je n'en ai rien cru. Tu peux bien lui greffer des ailes, une souris ne devient pas chauve-souris. Quand tu es né volcan, fatalement tu provoques des effusions. Elle a jugé ce point de vue digne d'un intello, bref d'un mollusque :

« Ce que vous avez dans la tête vous manque dans les couilles. Vous pensez trop, vous calculez et, pour finir, vous vous tripotez les neurones. Pour faire avancer les choses, il faut taper sur la table, point barre. »

Je me le suis tenu pour dit mais, comme chez tous les gens intelligents, les raisonnements de Coco s'achevaient souvent par l'affirmation inverse de leurs débuts. Arrivée par je ne sais plus quels détours à Modiano pour dégommer les intellos, elle a dit le contraire de ce qu'elle affirmait cinq minutes plus tôt :

« Regarde-le celui-là, si fragile et désarmé. Il joue de cette anémie fabriquée, entretenue et exhibée. C'est l'arme fatale pour son public qui, du coup, croit absolument à sa sincérité. Si elle s'accompagne de facilités oratoires, la vérité semble désormais suspecte. Les électeurs et les lecteurs tombent sous le charme du Petit Chose mais restent sur leurs gardes quand apparaît le premier de la classe. Personne ne croit vraiment ce que profère BHL mais tout le monde gobe avec dévotion les silences de Modiano. C'est injuste mais c'est comme ça dans la société de l'apparence. Le malaise et la maladresse sont les preuves de l'honnêteté. La facilité sous-entend l'inverse. Trop malin pour être honnête, celui-là. Un truc dont se servent les politiques. Tu es assez vieux pour te rappeler Jobert, le ministre de Pompidou. Il se cachait derrière une fausse maladresse désarmante pour proférer les pires incongruités diplomatiques. Et regarde Merkel qui fait de son apparence de brave ménagère un paravent pour cacher sa détermination et ses exigences. Tant que tu as l'air d'un marginal et que tu parles dans un murmure, on te permet de mettre les pieds dans le plat. Je ne parle pas à l'Élysée comme dans mon bureau. »

Trois jours plus tôt, elle m'avait dit le contraire mais quand elle s'en donnait le mal, elle avait du charme, cette furie. Et puis elle en savait si long sur tellement de gens qu'elle rendait ses commérages excitants. J'ai quand même fini par me réveiller :

« Bon, ok. On va pouvoir s'entendre. Mais dis-moi la raison de ce déjeuner. Tu n'es pas venue pour me faire la danse du ventre. »

En effet, Madame avait une idée. Excellente, d'ailleurs. Un vrai sujet marrant pour *Scoop* :

« Google organise un séminaire pour la défense des mers et du climat. En Sicile, dans un palace coupé du monde, un vrai raout, luxueux comme Carthage. Une police privée va se charger d'écarter les curieux. On attend le gratin de Hollywood. Des chanteurs, des acteurs, des milliardaires, le gotha de la Silicon Valley. De Bill Gates à Leonardo DiCaprio, toutes les divas seront là. Or ces majestés viennent en avion privé. Ils ont réservé plus de 100 places pour leurs jets personnels sur l'aéroport de Palerme. Ça ferait un sujet génial pour ton canard. Qu'est-ce que t'en penses ? »

Ce que j'en pensais ? J'étais au septième ciel. Je voyais déjà le titre du reportage : « Pleins gaz pour la planète ». Et j'allais pouvoir faire un petit cadeau à Monica : au lieu de Los Angeles, elle s'offrirait la Sicile. Elle a beau adorer les stars, elle leur ferait passer un sale quart d'heure. Sauf que je connaissais aussi Coco. Il y avait forcément anguille sous roche. La preuve : elle exigeait que les prises de vue soient faites par un de ses voyous habituels. Et pas par un photographe de *Scoop*. J'ai fini par lui arracher les vers du nez :

« On veut des images de Laurent Defoix. Il compte démissionner de son poste de ministre de l'Écologie sous prétexte que Macron traîne des pieds. Or il va à Taormina avec sa chef de cabinet. C'est sa maîtresse. On les veut en amoureux. Ça le calmera quand il partira en claquant la porte. Qui va tendre l'oreille aux leçons d'un mec qui se la joue VIP et batifole sans sa légitime ? »

Quel français ! Elle charabiatait. Et elle me mêlait à ses combines. Bizarres mais tentantes. Je me tâtais encore quand elle m'a demandé de lui passer mon portable. Pourquoi donc ? Parce que la justice lui interdisait d'entrer en contact avec la direction de *Scoop* :

« Même si tu n'es là que pour la figuration, je laisse mon iPhone au bureau quand je te rencontre. Des fois que le juge croirait que tu joues vraiment un rôle. »

Ce besoin de faire mal. Du coup, j'en ai rajouté dans le côté bien élevé et lui ai passé l'appareil. Le temps qu'elle aille faire ses petites magouilles, j'ai réglé la note. Sans me poser de nouvelles questions. J'aurais mieux fait. Mais c'est une autre qui me hantait depuis le début du repas. À son retour, je me suis lâché :

« Et Clémence ? Tu as des nouvelles ? Elle devait me faire signe. »

Pas question pour Coco de ménager ses proies. Elle m'a crucifié :

« Réveille-toi, beau gosse. Clémence en a rien à foutre de toi. Ni de moi, d'ailleurs, ni de Frédéric. Elle se sert de nous, point barre. En ce moment, dans le dos de Frédéric, elle doit s'envoyer en l'air avec le débile tatoué qui partage l'affiche de son film. Elle nous voit comme on est. Tu te balades peut-être dans le XVIe comme un serpent dans l'herbe mais, dans Paris, t'es qu'une limace. Même si tu sors de Saint-Jean-de-Passy, côté ambition, t'es classe moyenne. Elle l'a déjà compris. Quand elle se décidera à jouer Lolita, ce sera avec Bernard Arnault au moins. Te fais surtout pas de film. Capito ? »

Le pire, c'est que je ne l'ai pas crue.

25.

Mélie (c'est-à-dire Amélie, comme tout le monde) Mérovée est morte. Dans son sommeil. À 82 ans. Rien de tragique. Une bonne nouvelle, en fait : elle m'assurait une couverture. Mon interim de juillet pourrait finir en pente douce. De 1960 à 2000, elle avait tourné pour les meilleurs réalisateurs français, divorcé trois fois, abandonné ses deux enfants quand l'aîné avait 5 ans, multiplié les esclandres, obtenu un César d'honneur bien mérité pour l'ensemble de sa carrière. Mauvaise comme le poivre, elle s'était crêpé le chignon avec Jeanne Moreau, Judith Magre et Madeleine Renaud. Avare à tondre les œufs, elle avait régalé *Le Canard enchaîné* de ses dîners au bout du monde rémunérés par des narcos argentins et des pachas saoudiens. Elle avait même transformé son esquisse d'alzheimer en numéro à la Mae West. Professionnellement, un sans-faute. Cela dit, petite erreur dans une carrière jusque-là irréprochable, elle nous avait quittés un mercredi soir quand le journal était déjà en route pour les kiosques. Huit jours plus tard, les quotidiens et la télé auraient épuisé le sujet. Pour un peu, *Scoop* l'aurait zappée.

Par chance pour elle, le milieu du cinéma, la mairie de Paris et les chaînes de télévision ont sorti le grand jeu lors de ses obsèques, le lundi suivant à Saint-Sulpice. À la veille du bouclage, Mélie redevenait d'actualité. Une messe à Saint-Pierre de Rome n'aurait pas fait mieux : autour de la place, les barrières métalliques maintenaient la foule à distance des privilégiés défilant sous l'œil recueilli des caméras. Hommes politiques, acteurs, chanteurs, animateurs, ils étaient tous là pour la Mamma. Déception : Nicolas Sarkozy n'accompagnait pas Carla Bruni. Dans l'église, frappés par l'oraison pieuse jusqu'à l'extase, les deux maris survivants rivalisaient dans le chagrin démonstratif. Ensuite l'attention revenait vers le public dont les voix sanglotantes dévidaient leur chapelet : « Elle était si bonne », « et si courageuse », « si généreuse aussi »... « et si simple » ! Aucun grain de poivre dans ces rosaires. Quand on songe à son éclatant cynisme, Mélie serait morte une deuxième fois – de rire. Son Alzheimer avait tout effacé – chez les autres aussi. Chargé des chapos et des légendes photos, le rewriting s'est régalé. Quand on a de l'esprit, il est souvent mauvais.

Le lendemain, au téléphone, furieuse, Édith m'a seriné l'éternel refrain des anxieux : « Dès que je m'éloigne… » D'après elle, je choquais les lecteurs. J'ai tenté de lui expliquer que *Scoop* devait être léger dans les choses profondes et sérieux dans le futile. Les obsèques de Mélie étaient juste un symptôme de l'époque, pas un drame national. Pour Édith, c'était un événement ! On n'est pas tombés d'accord. Quand je lui ai conseillé de profiter plutôt de la plage, elle m'a presque insulté :

« Dans le même numéro, on se fout de la gueule des écolos en Sicile et des vedettes parisiennes dont on fait notre miel. Tu es content, j'imagine ?

— Assez, oui. Nos lecteurs vont se régaler.

— Pas sûr. Ce qui est sûr, en revanche, c'est que tu n'es pas fait pour diriger ce journal. On n'est pas là pour se faire plaisir. Déjà ta chronique me vaut chaque semaine des pépins. Je suis une sainte ! »

Excédée, la sainte m'a raccroché au nez. Juste après, à la conférence des reporters, j'ai à nouveau tenu le mauvais rôle. La Cour des comptes venait de publier un rapport saignant sur les sociétés d'autoroutes. Apparemment, elles se gobergeaient. En les privatisant, l'État avait fait un cadeau irresponsable à Vinci, Eiffage et je ne sais qui d'autre. Tu parles ! Si l'État avait géré lui-même ces sociétés, il y a des années qu'elles auraient multiplié leur personnel par trois et qu'elles ne rapporteraient plus un sou. Pour autant, leurs dividendes ne passaient pas auprès des filles du service politique. Toujours un peu imbues d'Albert Londres, elles suggéraient une enquête sur cette corne d'abondance. J'ai botté en touche. En plein été, dans nos pages, je voulais des plages, pas des péages. Le mot déontologie a été prononcé, le spectre de la SDJ est passé dans la pièce, le nom de Bolloré a été prononcé. Il les obsédait. N'aurait-il pas donné des consignes ? À moi ! Du pur délire. Elles en ont convenu avec une ironie blessante pour mon amour-propre.

Avant de signer le BAT final, j'ai relu une dernière fois le sujet sur le sommet écolo en Sicile. Monica s'était déchaînée. Qui aime bien châtie bien : même Leonardo DiCaprio et son jet étaient pris à l'abordage. En bonne journaliste parisienne, pour le plaisir de la formule, elle sacrifiait son idole. Mais le résultat était là : son texte faisait rire et réfléchir. Les illustrations, en revanche, m'ont intrigué. Si Laurent Defoix était évoqué au passage, il n'apparaissait pas en image. J'ai filé au service photos. Explication de Marc : la sélection avait été faite par le photographe lui-même. J'ai appelé Coco. Histoire de comprendre. Pour ne pas changer, elle m'a traité en gamin :

« Putain, c'est pas vrai ! Tu es rédacteur en chef depuis quinze ans et tu t'étonnes. Tu comprends rien. Le Defoix n'est pas sur les photos mais sa greluche, elle, elle y est, juste derrière Al Gore. Tes lecteurs et toi, vous n'y voyez que du feu mais Defoix, lui, crois-moi, il va très bien tilter. Et encore, on garde le meilleur sous le coude. Après la fiesta avec les pontes de la Silicon Valley, il s'est offert une petite soirée en amoureux à Palerme. Et on a les photos. Crois-moi : il doit déjà s'en douter. C'est comme ça que ça marche. La menace apparaît à pas comptés. Pigé, p'tite bite ? »

Petite bite, maintenant ! Elle était folle, ou quoi ? À part ça, elle commençait à m'impressionner, cette toupie. Un mois plus tôt, j'aurais trouvé n'importe quel prétexte pour ne pas déjeuner avec elle. Là, j'ai dit oui avec joie quand elle m'a à nouveau donné rendez-vous au San Francisco, une demi-heure plus tard :

« Et sois à l'heure. J'ai du taf. Je peux pas passer ma vie à te donner des leçons de stratégie parisienne. »

Cette fois, elle a tenu parole. Elle m'attendait à la même table que la semaine précédente, juste à droite de l'entrée. Pour atténuer la chaleur accablante de ce juillet infernal, le maître d'hôtel avait posé sur la table voisine un petit ventilateur à l'usage de madame. Une autre Coco : souriante et même séduisante. Elle s'était commandé une flûte de champagne et portait une veste mao noire à broderies rouges autour du col et le long des boutonnières. Une espèce de brandebourg d'Ancien Régime, simple et joli. Mieux encore : elle avait enfilé un caractère assorti, aimable, presque amical :

« Ça me fait plaisir de te voir. Sur le coup de Defoix en Sicile, on peut dire que tu as été efficace.

Je n'en reviens pas. Comment a-t-on pu se louper si longtemps ? »

Dans la conversation, elle est vite redevenue affirmative et pérorante. Le mot scrupule n'évoquait rien chez elle. Tendre un piège à un ministre pour qu'il ne claque pas la porte lui semblait le b-a-ba de la vie politique :

« S'il te faut de l'eau brûlante, peu importe d'où vient le petit bois qui la chauffe. Defoix est un coureur et un grand donneur de leçons devant l'Éternel. Là, s'il part, ce sera la queue basse. Pas question qu'on le laisse mettre en doute la priorité donnée à la transition écologique. De toute façon, ce play-boy ne croit à rien, même pas aux vertus de l'aspirine. Il ne se soucie que de son destin. Le destin de Defoix, qui va gober ça ? »

Et ainsi de suite. À elle seule ou presque, elle a sifflé la bouteille de Brunello di Montalcino qu'elle avait commandée pour fêter « notre premier coup ». À croire que les grands vins de Toscane délient la langue : elle m'a donné les clés de deux ou trois affaires qui m'avaient complètement échappé. Je l'ai laissée parler. Et ça m'a fait peur. Au fond, au lieu d'amis, elle avait des complices, des compagnons de jeu, de table ou de galère. Ni mari ni enfants. Elle n'avait pas de refuge, juste des plans. Son beau légionnaire, c'était le pouvoir :

« Les idiots croient l'avoir quand ils donnent plus d'ordres qu'ils n'en reçoivent. Ils le confondent avec l'autorité. Ça n'a rien à voir. Le pouvoir, ce n'est pas une hiérarchie, c'est un jeu. Tu exprimes une opinion, tu te poses une question, tu formules une hypothèse… Rien de plus. Tu n'émets pas un souhait, tu ne laisses pas une trace, tu t'interroges et tu comptes sur la question pour mariner dans l'esprit de ton interlocuteur. À lui de saisir le sous-entendu et de faire avancer l'affaire sans paraître s'en mêler. Regarde Defoix. À qui pourra-t-il s'en prendre ? À une journaliste qui ne sait même pas qu'elle joue un petit rôle dans une grande pièce ? Non. À personne. C'est ça, le jeu. À chaque niveau, on ferme les écoutilles.

— Et si je décidais de raconter le piège ?

— Tu passerais pour un valet du pouvoir qui, pour une raison forcément inavouable, change de bord. Et, dans ton journal, tu serais une fois pour toutes classé comme aux ordres de l'Élysée. Le pouvoir, c'est le silence. Les menaces restent en pointillé et les reproches en suspension. Comme les risques. »

Cette vision des choses allait comme un gant à une vache à cette agitée de la coulisse, toujours en alerte, soucieuse de faire effet. Mais j'ai gardé mon ironie pour moi. Tant mieux car on en est quand même venus à Clémence. Coco avait besoin de mon aide :

« La pauvre chérie a donné une interview à *Elle*. Par chance, elle me l'a fait relire. C'est affligeant :

des niaiseries entendues mille fois. De la langue de bois débitée en fagots. On croirait du Juliette Binoche. Quand on se rappelle ta propre interview, c'est le jour et la nuit. Elle fout en l'air tout le personnage que tu lui as construit en trois feuillets. J'ai essayé de mettre du peps dans ses réponses mais ça reste laborieux et chiant. Elle attend ton coup de fil. »

Et fissa, j'imagine. J'avais retrouvé la vraie Coco pressée de fixer ses consignes. Elle ne m'avait pas invité pour faire ses confidences. Mais elle les avait faites quand même. Avant de se quitter, elle a bu d'un trait le petit verre de limoncello offert par le patron. Après s'être moquée de moi qui n'en voulais pas, elle m'a embrassé. Et m'a même remercié :

« Ça m'a fait du bien ce déjeuner. Un vrai rayon de soleil. Parfois, j'ai l'impression d'être vieille comme le soir. »

En se levant, elle avait ramassé la note qu'elle avait tenu à payer. Puis elle s'était éloignée et moi, bêtement, sans y penser, j'ai posé un billet de cinq euros sur l'étui où elle venait de la récupérer. Qu'avais-je fait ? J'ai cru qu'elle allait me gifler. La tempête de grêle a succédé au rayon de soleil :

« Non mais pour qui tu te prends ? Tu vas pas me donner des leçons de savoir-vivre à mon âge. J'ai pas besoin qu'un petit marquis qui vit à mes crochets vienne jouer les grands seigneurs dans mon dos. Et quel grand seigneur ! Cinq euros de pourliche, t'es vraiment royal. Une fois pour toutes, vous les bourgeois, vous êtes puants. »

Sur quoi, elle s'est glissée dans son Uber et, en châtelain sans le sou, je lui ai souhaité une excellente journée puis suis reparti à pied. La pauvre, elle était zinzin. C'était une fille du sud. Elle venait des Alpilles, voyait partout des obstacles. Moi, je suis du golfe, aucun relief nulle part, juste l'horizon et la lumière. On ne s'entendrait jamais.

26.

La rue de la Faisanderie ne fait effet que sur les cartes de visite. Au bout de l'avenue Henri Martin, à deux pas de l'avenue Foch, ni arbres ni boutiques, juste des levées de brique, de pierre et de verre. Trop longue et trop maigre, c'est le grand canyon des bourgeois qui rêvent de l'avenue Victor Hugo. Au rez-de-chaussée, ce doit être lugubre. Au cinquième, le dernier étage, chez Frédéric, en fin de journée, la lumière inondait encore l'appartement : deux pièces, pas plus. Un grand salon et une chambre. Du tissu sur les murs au plancher façon voilier en passant par le canapé et les meubles, tout était beige. Le décorateur ne s'était pas épuisé. Pour un héritier Wendel, ce boudoir cosy sentait la fin de course.

Clémence m'a ouvert, jeune comme le matin – aurait dit Coco. Un T-shirt, un short taille mouchoir, pieds nus, j'ai retrouvé la bambine du quai de Larmor-Baden. Mauvaise surprise : Thomas occupait déjà les lieux. En bermuda et débardeur, il avait l'air d'une publicité pour le bon lait normand. Ses biceps gonflés à l'azote et ses pectoraux siglés Michelin avaient tout d'une brioche ronde, dorée et appétissante. Monsieur Bonne Santé m'a broyé la main avec un sourire de tueur vicieux. Dans ma jeunesse, quand on se retrouvait en début de soirée entre copains, on s'asseyait par terre pour faire tourner un joint mouillé en planant sur du Mike Oldfield. Eux buvaient du Coca light. Sous les toits, il faisait une chaleur de four mais cette santé fruitée m'a déprimé. Je me suis servi un gin fizz avant de m'affaler dans le canapé en chintz, genre salon londonien cosy en rupture complète avec la température tropicale.

Clémence et lui répétaient une scène du *Misanthrope*, celle du fameux sonnet d'Oronte, au tout début de la pièce. Pour une audition fixée au lendemain, un producteur avait demandé à Thomas de jouer une tirade célèbre du théâtre ou du cinéma, n'importe laquelle. À ma propre surprise, les tatouages allaient comme un gant à Alceste :

Votre sonnet est bon à mettre au cabinet ;
Vous vous êtes réglé sur de méchants modèles
Et vos expressions ne sont pas naturelles.
Ce n'est que jeux de mots, qu'affectation pure
Et ce n'est point ainsi que parle la nature.

J'abrège. Clémence et lui avaient coupé dans le texte, mais bien coupé. Sur un ton banlieue poussé au maximum, les alexandrins sonnaient comme un reportage à Grigny 2 : dans un hall de HLM, un caïd envoyait bouler un poseur. Le résultat m'a bluffé. Thomas m'a demandé si j'avais une autre idée de page à sortir du répertoire. Non, aucune. Je lui ai juste suggéré de faire aussi l'inverse : prendre une scène populaire et la déclamer sur un ton bourgeois. Une bagarre de *La Haine* ou le fameux « Atmosphère » d'Arletty prononcés dans un salon d'Auteuil avec des accents circonflexes à chaque mot. Il a marché droit sur moi et m'a enlacé comme un vieux pote. Puis il a posé un baiser sur les lèvres de Clémence :

« Je vous laisse. Vous avez du boulot. Cette interview, c'est du lourd. Applique-toi, chérie. Je me fais tout petit. »

« Chérie » venue se coller à moi sur le canapé, on s'est penchés sur l'ordinateur. Relue et corrigée par Coco, elle s'était surpassée. La fontaine à lieux communs débordait à chaque paragraphe. Elle parlait de l'importance du cinéma dans l'« apparition du réel et la dénonciation d'une société injuste ». Le tournage, « une expérience de vie fondatrice », l'avait construite et déconstruite. Soudain, elle s'était « connectée au monde ». Je ne parle pas de ses commentaires sur la justice des mineurs, sujet de leur film qui en montrait la partialité. Sous l'œil de Clémence, menacés de toute part et « confrontés à la noirceur humaine », les juges avaient le souci constant de rester justes et droits. C'était neutre, sans saveur et transparent. De l'eau plate gazéifiée par *Télérama*. Avec une révérence aux salles de cinéma et à leur « expérience collective » ! Le jour et la nuit avec l'entretien qu'elle avait donné trois semaines plus tôt à *Scoop*. Quand j'ai eu fini de le lire à voix haute, on a éclaté de rire ensemble. Pour une fois, j'ai dit mon sentiment sans glisser sur les mots :

« Dans *Scoop*, tu avais l'air marrante et insolente. Là, tu parais prudente et retenue. Une ado farceuse se transforme en conscience poseuse. À mon avis, on met tout à la poubelle et on le réécrit en se marrant. »

Et là, divine intervention, Thomas s'en est mêlé :

« Non, surtout, ne le jetez pas. Imprimez-le-moi. C'est ce texte là que je vais réciter avec l'accent des cités. C'est tellement prétentieux et creux que ça fera rigoler tout le monde. »

Il était parfait, le chippendale. En prime, dès les feuillets en main, il est sorti de la pièce : « Pour rejoindre Frédéric. » Je suis tombé des nues. Clémence a achevé de me désorienter :

« Ouais, Monsieur boude dans son lit. Officiellement, il regarde un film australien sur vidéo. Mais on s'en fout. Il va se consoler avec Thomas. »

Se consoler avec Thomas ? On était dans *Satyricon*, ou quoi ? Clémence est restée évasive. Et prometteuse :

« Tout à l'heure quand on ira se reposer, on changera les draps. »

Quoi, quoi, quoi ? J'ai fait comme si elle n'avait rien dit. Puis on a repris les questions une par une et on s'est éclatés. Le gros fourrage woke est passé à la poubelle. Au lieu de singer Isabelle Huppert, elle a joué à l'idiote qui se fiche du monde entier. Il faut admettre que les questions nous aidaient. La journaliste de *Elle* avait demandé si elle était « embarrassée de mettre en lumière une jeunesse livrée à elle-même et condamnée à la déréliction ». Rectifiée par moi, Clémence a répondu que ce genre de mots lui passait par une oreille et sortait par l'autre. Pour elle, le cinéma était juste un billet d'entrée dans la vie. Pas un engagement politique, encore moins philosophique :

« Je ne prends pas l'UGC Lyon Bastille pour la Sorbonne. »

De là à ronronner comme une plante verte, il y avait un fossé. Son hommage à la justice, sujet de son film, a repris des couleurs en ironisant sur les dossiers qui traînent sans fin :

« Si tu as des squatters chez toi, tu peux te brosser pour que ton affaire avance. Mais si tu accuses la bonne personne, ils vont mettre les bouchées doubles. Dans mon film, le personnage de

Thomas est tout de suite cassé par la juge. Ça fait réfléchir. »

En une heure, on lui a refait un portrait de gamine sexy, culottée, effrontée, maline et farceuse livrée avec toutes les options. Il y avait quelques gros mots dans la première version, on les a retirés, ça faisait papiers gras. Le reportage de *Elle* trancherait avec le ronron habituel des actrices françaises. Elle en était consciente. Mais inquiète :

« Vous devez être content, je vais passer pour la petite branleuse qui se fout des intellos. Il ne me manque plus que de poser torse nu en gilet jaune. Je me demande, monsieur, si vous êtes vraiment mon ange gardien. »

Je n'ai pas tranché. J'ai juste observé que pour un film à mini-budget sorti en juillet, mieux valait sauter dans les flaques. Puis j'ai sifflé le fond de mon gin fizz. La suite de la soirée m'inquiétait plus que l'effet de l'interview. Que faisaient les deux autres ? J'ai posé la question. Clémence est allée les chercher. À croire qu'ils attendaient à l'affût derrière la porte : Thomas a bondi dans le salon, torse nu et surexcité. Tenant les feuillets de la première version de l'interview, il parlait à toute vitesse, a dit qu'ils avaient « bien bossé, eux aussi » et a crié à Frédéric de ramener ses fesses. Et là, plus rien du producteur élégant du dîner au Bonnie : en T-shirt et caleçon, c'était Mykonos. Il m'a serré la main, s'est assis sur un pouf et, prenant l'accent profond des critiques de cinéma inspirés, a posé à Thomas sa première question :

« Dans le film de Nanette Jouan, vous frappez votre petite amie. Au risque de casser votre image, vous vous engagez dans le combat des femmes contre les violences masculines. Explorer les ténèbres de la société française, est-ce ainsi que les acteurs de votre génération conçoivent leur rôle ? »

À partir de là, Thomas et lui déroulaient la première version de l'interview de Clémence mise au masculin. Prononcés avec l'accent beur des fameuses cages d'escalier, les clichés grandiloquents du vivre-ensemble devenaient burlesques. Il avait gardé telle quelle la chute de Coco : « C'est passionnant d'explorer ses propres expériences. » Entre ses lèvres, c'était hilarant. Clémence elle-même éclatait de rire. Je jubilais. À la fin du sketch, Clémence se moquait des actrices qui affirment difficile de trouver leur place de femme dans la société mais la repèrent très facilement au premier rang des défilés. On a applaudi.

Thomas était aux anges. Pour son audition du lendemain, il présenterait *Le Misanthrope* et cette version actualisée des *Précieuses ridicules*. Décidément démonstratif, il a serré Clémence contre lui. Enchanté de leur coup, Frédéric a sorti une bouteille de champagne du bar. J'allais me resservir un gin fizz (surtout pas de mélanges) quand une alerte a sonné dans l'ordinateur de Clémence.

Coco avait reçu la nouvelle version de l'entretien qu'elle avait elle-même réécrit la veille. Sans surprise, elle ne l'appréciait qu'à moitié :

« Fais gaffe, poupée. Si tu continues, tu vas te balader partout avec une pancarte de petite réac sur le dos. Gilles veut te faire passer pour la nouvelle Mathilde Seigner qui rue dans les brancards. Il te fabrique un personnage qui l'excite mais qui va t'échapper. Tu as l'air marrante et odieuse. L'entretien dépote et tu peux l'envoyer à *Elle.* Ça fera jaser. Mais je t'aurai prévenue. À sa manière, en bon branleur désinvolte de la haute, il est en train de te baiser. Il te veut en petite banlieusarde déglinguée. Ça doit l'exciter. À plus. »

Je n'ai rien dit. Frédéric, non plus. Le silence a duré quelques secondes. Très longues. Puis Clémence l'a rompu :

« Eh ben, comme ça, vous m'aurez tous les trois baisée. »

On a terminé la soirée au Flandrin, au bout de la rue, sur la terrasse. Clémence m'a fait du pied.

27.

Plus qu'une semaine avant le départ pour l'Ile aux Moines. Grand vide dans la salle de rédaction. À mon arrivée, trois reporters rescapés écoutaient bouche bée François, un pigiste du service culture passionné de polars, surtout anglo-saxons et, depuis peu, scandinaves. Gavé de thrillers suédois et norvégiens obsédés par les nazis, il voue un culte à Lisbeth Salander, la punkette à fuir à toutes jambes, tatouée, piercée, bisexuelle et geek :

« *Millénium* a décrit avec vingt ans d'avance les sociaux-démocrates, ces bons gros pépères toqués d'humanitaire tant qu'il n'y a pas d'Afghans dans leurs rues. Tu lis le livre et tu comprends comment ces faux-jetons ont viré à l'extrême droite. Et tu réalises que les écrivains sentent bien mieux la société que les hommes politiques. »

Narquois, il concluait généralement que je devrais être reconnaissant à la Suède de prouver que les écrivains servent encore à quelque chose.

J'en convenais. Son ironie, son don pour les jeux de mots, son écriture nerveuse, son débit de paroles ahurissant de vitesse, tout m'amusait chez lui, même ses sympathies pour la France insoumise. Dès que je pouvais, je l'emmenais au Iolanda. Le mois dernier, il avait transformé en one-man-show son passage chez Darty pour l'achat d'un lave-vaisselle. Là, il parlait hémorroïdes. La veille, il avait accompagné une vieille voisine à l'hôpital. Un vrai bond hors de la vraie vie :

« Le médecin, tête rasée, avait plus l'air d'un vagabond new age que d'un professeur – ce qu'il est. Pas de blouse blanche mais un jean informe mille fois délavé, un T-shirt sans manches autrefois vert. Dès la première phrase, il nous a projetés dans la méta-réalité : "Entrez, il est temps que vous cessiez de pécher contre vous-même." A suivi un cours d'hygiène digne d'une secte. Oubliés, les médicaments, il les prend tous pour de la poudre de perlimpinpin. À la place, il a tendu à cette dame de 80 ans une feuille titrée "Apprendre à faire caca". Tel quel ! À lire tout de suite devant lui. Pour s'assurer que le message passe, il a fini par s'asseoir par terre. Deuxième étape : il a mimé *Le Penseur* de Rodin. Pas commode quand tu as les fesses au sol. Les yeux de ma voisine lui sortaient de la tête. Et je ne te dis pas quand il lui a affirmé avec une assurance de critique d'art que la vaseline était "la crème de beauté de l'anus". En prime, il voulait qu'elle aille à Créteil suivre un cours de défécation. À son âge ! Cela dit, au moment de payer, retour vers le futur : Merlin l'Enchanteur ne fonctionnait qu'à l'iPhone et à l'ordi. Avec mamy, il est tombé sur un os. »

On s'est donné rendez-vous pour déjeuner. Une fille du service people est venue pleurer dans mon giron. Le service politique donnait la parole dans son dos à Marion Cotillard. Alors qu'elle préparait depuis des semaines un sujet sur ses vacances au Cap Ferret ! Pouvais-je intervenir ? A priori, non. « Les autres et moi, ça fait deux », comme dit mon copain François. Surtout fuir les querelles de couloir. Mais, au fait, que disait Cotillard ? Que les hommes politiques étaient tous des menteurs et que le peuple devait s'emparer lui-même des défis liés au réchauffement climatique. Les propositions de la commission citoyenne chargée de réfléchir au sujet emballaient Madame. La semaine de 28 heures, l'isolation de tous les logements de France, un tsunami de dépenses publiques, tout lui allait du moment qu'on appuyait à fond sur le champignon de la décroissance. La Pompadour de Dior dans les robes rapiécées de Louise Michel ! C'était burlesque mais parfait pour le journal : enfin un entretien de star qui sortirait du ronron habituel. Du coup, pour une fois, j'ai pris parti. À fond pour les filles du service politique. Le ridicule ne tue plus mais fait vendre. Peut-être même pourrait-on en faire la couverture. La journée commençait bien.

Quand mon portable a sonné, un 06 inconnu est apparu sur l'écran. Pas question de répondre. Trente secondes plus tard, une alerte annonçait un sms :

« Bonjour, Gilles. Édith m'a communiqué votre 06. J'aimerais discuter avec vous d'un sujet exclusif pour *Scoop*. Auriez-vous la gentillesse de me passer un coup de fil, ou de répondre à mon prochain appel ? Amicalement. Anne-Lise Mériel. »

Anne-Lise Mériel. La « communicante » préférée des huiles de la haute. Quel honneur ! Avec Anne Méaux et Anne Hommel, toutes les relations des fameux premiers de cordée passent par ces trois souris. Chacune a sa spécialité : la droite pour Méaux, la gauche pour Hommel, les ni-ni pour Mériel avec un fonds de commerce assuré par les Verts pris la main dans le soutien-gorge de leurs assistantes. Inutile de dire qu'elles regardent de très haut les sujets people. Et sourient avec condescendance quand elles voient Coco, Mimi Marchand et autres sardines à l'huile se piquer de nager dans leur vivier de homards bleus. Je l'avais croisée deux ou trois fois. Sans suite. Anne-Lise vous efface du paysage à la seconde même où elle comprend que vous n'êtes pas le chef. Qu'est-ce qu'il lui prenait ? J'ai appelé.

Cette voix ! Douce, claire, posée, tranquille, harmonieuse. Le timbre d'une princesse qui demande poliment des faveurs que personne ne songera jamais à lui contester. Elle voulait juste m'inviter à déjeuner. Aujourd'hui même si, par miracle, j'étais libre. La pauvre : elle devait me confondre avec Franz-Olivier Giesbert, Marc-Olivier Fogiel ou Cyril Hanouna qui vous fixent un rendez-vous trois mois à l'avance. Mon agenda à moi était vide quatre jours sur cinq. De toute façon, à entendre le ton de son invitation, j'ai eu l'impression que la marquise de Sévigné en personne me conviait à un médianoche. J'aurais envoyé ma mère aux fraises. J'ai juste dit d'une voix lasse que j'allais me libérer. François comprendrait. Où souhaitait-elle qu'on se retrouve ? Aux Anges, avenue de la Tour Maubourg, une cantine de ploutocrates, en plein VIIe, au cœur du Vatican de la nomenklatura parisienne. Uniquement, bien entendu, si cela ne me posait pas de difficulté. Je l'ai rassurée : elle ne me convoquait pas en Seine-Saint-Denis, non plus. En taxi, j'en avais pour deux minutes. Alors, posant chaque mot comme une pierre précieuse sur un écrin Cartier, j'ai quand même demandé de quoi, ou de qui, elle souhaitait discuter. Je m'attendais à ce qu'elle cite Marion Cotillard. L'écologie est le pré carré d'Anne-Lise. Elle tient à l'œil quiconque foule ses plates-bandes. Le ton modeste de ma question dut lui plaire. Un esclave n'aurait pas rampé plus bas. Elle n'a pas tourné autour des mots. Ce que ne font d'ailleurs jamais les gens puissants :

« J'ai une proposition à vous faire de la part de Laurent Defoix. »

Tiens, tiens, tiens…

28.

J'y suis allé à pied. On longe le stade Dupleix, la tour Eiffel, le musée du Quai Branly, la nouvelle cathédrale orthodoxe, les ambassades des Émirats arabes unis et de l'Afrique du Sud, l'université américaine, le restaurant vietnamien qui sert de cantine à Mylène Farmer et compagnie… Les trottoirs sont larges et les berges aménagées en parcs. Sur les contre-allées, les arbres datent de la monarchie. Mercedes et Tesla glissent sur du velours. La bienveillance de la végétation étouffe les sons. La lumière est plus douce. Pas de couleurs vives, juste un vert printanier avec son ballet de moineaux discrets. Perchés sur des halls vastes comme des entrées de château, les immeubles aux baies vitrées démesurées affichent une indifférence polie. Remonter ces quais, c'est arpenter le pont des premières classes. Rien ne grouille, ne se hâte, ne se bouscule, ne brûle de calories. On glisse le long de portes qu'on ne poussera jamais et on ne croise personne. La vie est aérée, soignée, décorée et apaisée. Les roues du destin grincent au loin. Si des troubles apparaissent quelque part, les habitants de ces parages l'apprendront d'une voix off, caressante comme une information annexe mais lointaine. On se croirait à l'église. Tout semble éteint, doux et lent. En face, le quai Kennedy et la rue Raynouard de mon collège, c'est la banlieue, nulle part. Avenues Charles Floquet, de Suffren et de La Bourdonnais, quais d'Orsay ou Branly, les gens soupçonnent-ils qu'au-delà de leurs rues il y a un pays et ses tourbillons, trépidants, bruyants, inquiétants ? Sans doute pas. Personne ne vient jamais le crier sous leurs fenêtres.

À la limite de ce carré magique, les « Anges » sont la gargote Cordon Rouge des journalistes, des hommes politiques, des cadres supérieurs ou des attachés de presse qui circulent en Uber, parlent en conf calls et tâchent d'attirer l'attention. J'ai reconnu des têtes à plusieurs tables. Quand elle est arrivée, Anne-Lise en a salué deux ou trois. La pauvre ne doit pas souvent sortir de son personnage. Chez Coco, avec Étienne Lumière, j'avais jugé ça racoleur. Là j'y ai trouvé une touche désinvolte sexy. Elle portait des talons hauts, mais pas trop, et une robe bleu pâle moulante, mais pas aguicheuse. On pouvait apprécier son décolleté mais pas voir ses bras. Aucun bijou sinon, à son poignet, une montre Baignoire Cartier. Avec ça, l'allure souple de la quinqua parisienne qui laisse mille lieues derrière elle les Noubas, les

Somaliennes, les Ukrainiennes et les Vietnamiennes qui, à 20 ans, l'auraient effacée du décor. Je me suis levé quand, léger sourire aux lèvres, elle s'est dirigée vers moi en ayant l'air de me reconnaître. Elle m'a serré la main, ravie de déjeuner enfin avec moi « depuis le temps qu'elle me lisait ». En clair, depuis qu'une demi-heure plus tôt elle avait parcouru ma fiche Wikipédia. Je lui ai demandé s'il y avait quelqu'un qu'elle ne connaissait pas à une table. Pour elle, ici ou Landerneau, c'était pareil :

« Paris n'est pas la grande capitale d'un grand pays, c'est juste dix villages côte à côte. À New York, vous avez des hommes d'affaires ; à Washington, des politiciens ; à Miami, des musiciens ; à Los Angeles, des cinéastes ; à Chicago, des industriels ; à Seattle, des pachas de l'informatique… Ça, c'est une grande nation. En Chine, pareil. Et même en Allemagne ou en Italie. Mais la France, c'est Venise au XVIIIe siècle : juste un théâtre. Tout le monde se retrouve dans dix restaurants. Le Costes, Lipp, le Fouquet's, L'Avenue… La société qui compte ne décide de rien, ne tranche rien, n'ose rien. On en fait vite le tour. Ils sont tous solidaires dans leur faiblesse. Ce n'est pas au rédacteur en chef d'un magazine people que je vais l'apprendre. »

Non, mais cette toupie traitait devant moi *Scoop* de journal people ! Par galanterie, je ne lui ai pas cloué le bec. J'ai quand même mis les choses au point :

« Et Shakespeare, et Racine, et Sophocle ? Vous les rangez parmi les auteurs people ? Et Flaubert, parmi les romanciers pour *Le Parisien* ? Nous ne sommes pas un magazine people. Nous parlons des gens qui attirent l'attention, nuance. Et on en dit ce qu'on peut. C'est-à-dire, pas grand-chose. On est dans le pays qui a interdit la vente du livre du docteur Gubler sur la maladie de François Mitterrand. Un document qui disait la vérité, toute la vérité, rien que la vérité. Sauf qu'à Paris, la vérité est une donnée secondaire. La défense de la vie privée est une citadelle imprenable. Or, pour un journaliste, la mission n'est pas d'attendre devant la porte, mais de l'ouvrir. À quel prix, cela dit. Mon pire ennemi, c'est l'avocate de *Scoop* qui relit gomme aux doigts tous nos papiers. Quant au journaliste idéal, pour moi, c'est un paparazzo. »

Elle a souri. Mieux, elle a posé sa main sur la mienne et l'a pressée comme si j'allais m'envoler. Je l'avais mal comprise. Nous étions dans la même galère.

« Je sais. Et je connais le refrain de Hearst : l'information, c'est quelque chose que quelqu'un, quelque part ne veut pas voir publié. Parfois, je vous maudis, mais souvent je vous plains. En tout cas, je vous comprends. Mon métier à moi, c'est justement de vous fournir des images ou des entretiens pour faire écran entre le monde et mes clients. On est faits pour s'entendre, vous ne croyez pas ? »

Le menton relevé, le sourire espiègle, l'œil plissé, une otarie guettant ses sardines à Marineland n'aurait pas eu l'air plus gourmand. On allait baiser sur la table, ou quoi ? Par malchance, un serveur est venu prendre notre commande. Pour elle, six Marennes-Oléron, puis des pétales de truite fumée sur une semoule de chou-fleur en vinaigrette de shiso vert – toujours cette manie de servir du japonais. Des huîtres en juillet, un mois sans R ! À l'île de Ré, elle s'en régalait tout l'été. Je voyais déjà son emploi du temps : passage au kiosque que fréquente Lionel Jospin, courses au petit marché qui vend des produits locaux à Caroline de Monaco, léger apéro sur le port au bistro tellement authentique où se croisent quinze journalistes, déjeuner dans la cour avec une ou deux vieilles copines du milieu, balade à vélo jusqu'à la plage, passage rapide dans la galerie qui expose le prochain Jean-Michel Basquiat (super sympa, le môme, c'est le fils du directeur de *L'Obs*), dîner raffiné chez un éditeur où on attend Fabrice Luchini et Nicola Sirkis… Le tout avec écouteurs Bluetooth à l'oreille et lunettes Loewe sur le nez. Elle m'a évidemment servi une tout autre version : elle allait dans ce repère infernal pour ne voir personne. Dans ce cas, je lui ai conseillé plutôt l'Ile aux Moines. Il n'y aurait que nous.

Elle n'était jamais venue dans le golfe. Pour elle, la France estivale allait de Cannes et Saint-Tropez à La Flotte et Biarritz en passant par Gordes et le Cap Ferret. Des endroits surchargés de têtes à claques du 15 juin au 15 septembre. Donc invivables au meilleur moment de l'année. Il a fallu que je lui explique la géographie de l'Hexagone :

« Au nord de la Seine, on résiste au vent et à la pluie ; au sud de la Loire, aux moustiques. Il ne reste pas grand-chose pour juillet-août. Sinon les îles du sud de la Bretagne.

— Et l'hiver ?

— C'est comme un printemps en Islande. Moi, ça me va. Ma femme, c'est autre chose. Elle est de Naples. Elle veut installer un chauffage solaire dans notre tombeau de famille. Elle est hantée par l'idée de trembler de froid pour l'éternité. »

Anne-Lise a souri. Brièvement. Quand sa patience atteignait ses limites, on sentait quelque chose de froid derrière son amabilité. Elle ne vous quittait plus des yeux. Un regard fixe presque embarrassant, immobile, n'exprimant rien. Comme deux phares anti-brouillard dirigés sur vous. Jugeant qu'elle avait fait assez d'amabilités, elle en est venue à notre sujet.

29.

Laurent Defoix avait reçu le message. Son passage de nuit à Palerme le tourmentait. Anne-Lise plus encore. Ils sentaient planer une menace. De là à deviner l'expéditeur, il y avait une marche encore un peu haute pour eux. Ni lui ni elle n'avaient reconnu le tampon de l'Élysée sur le timbre. J'ai joué l'innocent, assurant que Defoix n'était pas notre sujet. C'est le séminaire Google qui nous avait excité les crocs. Pas question que j'avoue qui nous avait mis sur cette piste. Coco n'était pas dans la liste des relations avouables. Par chance, Anne-Lise ne songeait pas à elle. Elle regorgeait de soupçons mais s'égarait sur de fausses pistes. C'est dans les rangs de son propre parti qu'elle fouillait :

« Les Verts n'aiment pas qu'une tête dépasse. Ils réclament des responsabilités mais ne pardonnent pas à ceux des leurs qui les acceptent. Il paraît qu'on a pris des photos. Elles ne nous font pas peur mais nous intriguent. Notre famille politique a parfois des allures de secte. On s'y réconcilie à l'heure d'affronter nos ennemis mais, entre nous, on ne cultive guère la solidarité. Toutes nos amitiés sont fissurées. »

Ah oui, c'est vrai : en 2022, on n'appartenait plus à un parti mais à une famille. Sans les règles du premier mais avec toutes les inimitiés inavouables de la seconde. Leurs résolutions se déchiffraient comme une boîte noire. Sur la corrida et sur la chasse, Defoix s'était montré mou. Sur l'emploi des engrais, il ne tapait pas sur la table. Anne-Lise m'a donné les noms de plusieurs bons copains qui s'impatientaient. Au passage, elle les crucifiait. Untel ne jurait que par la gauche de la gauche mais avait mis ses enfants à l'École alsacienne. Une autre, « féministe comme cochon » (je cite Anne-Lise), arrondissait ses fins de mois avec des stages de déconstruction masculine « extorqués » à de grandes entreprises polluantes. J'ai fini par m'étonner de cette franchise. J'étais quand même un journaliste. Elle m'a ouvert les yeux :

« Vous connaissez la phrase de Barbey d'Aurevilly : "Il y aurait plus de monde à la messe si le curé donnait le nom des paroissiennes dont il dénonce les péchés en chaire." Si je parle avec vous, je ne vais pas flouter mes phrases. De toute façon, je ne vous révèle pas non plus les secrets du Jour J. »

La pauvre, elle en bavait. Les Verts passent leur temps en querelles de chapelle. Plus personne ne niait les conséquences dramatiques du réchauffement climatique mais eux-mêmes n'étaient jamais d'accord sur les combats à mener en priorité :

« Être "ministre écologiste", c'est comme "voiture à pédales" ou "médecin militaire". Tu n'es ni une voiture ni un vélo ; ni un vrai médecin ni un vrai militaire ; ni un ministre ni un Vert. Dès que tu entames une action sur la recommandation du parti, un sous-groupe d'amis te cloue au mur. Tu te bats pour le TGV Lyon-Turin sous les Alpes pour éliminer des millions de camions autour de Chamonix et des bataillons de soi-disant copains défilent au secours des alpages. Tu finances un barrage hydraulique sur un cours d'eau en Corrèze et les camarades du coin t'accusent d'écocide car tu condamnes à mort les dernières grenouilles à sonnettes du marais local. Et je ne parle pas des éoliennes. Il y a trente ans qu'on se bat pour elles. Désormais, dès qu'on en installe, on provoque des tragédies locales. Où qu'il aille, Laurent se promène avec une cible dans le dos. »

Le pire, c'est qu'on n'avait pas fini d'en baver avec les intégristes verts. Selon elle, depuis le début du XXIe siècle, la névrose climatique avait remplacé les tensions patriotiques du XIXe et les menaces idéologiques du XXe. Ok, elle était intelligente et ne ménageait pas ses propres clients mais, à force, sa franchise a commencé à m'inquiéter. Qu'espérait-elle en retour ? Que je lui donne un nom ? Que je désigne celui ou celle qui nous avait parlé de la petite virée à Palerme ? Pas du tout. Madame avait une proposition à me faire. Beaucoup moins politique, bêtement terre à terre. Pourquoi ne pas organiser un reportage sur Laurent Defoix en vacances ? Chez lui, à côté de Brest, avec sa femme, ses deux filles, sa planche à voile et ses cannes à pêche. En prime, il dirait ce qu'il a sur le cœur. Les hésitations du gouvernement toujours à ménager la chèvre et le chou. Les simagrées des Verts aussi, toujours à réclamer du bleu là où on mettait du blanc, toujours à couper les têtes, toujours à faire des procès d'intention…

Ma parole : elle me promettait la lune. Un des deux ou trois ministres les plus populaires du gouvernement, ancienne star casse-cou de la télé, beau mec plaisant aux femmes, assez aventurier pour séduire les bonshommes, sortant ses quatre vérités en T-shirt sur sa terrasse au-dessus de son barbecue. C'était six pages garanties dans le journal. Éventuellement la couverture. Pour jouir de son effet, Anne-Lise a savouré sa dernière bouchée de purée de chou-fleur puis, relevant le cou, a légèrement tourné la tête et soulevé les paupières. Cette attitude dégageait quelque chose de sensuel. Comme si, au lieu d'une exclusivité, c'est la botte qu'elle me proposait. Avec elle, même sortir son stylo devenait une scène érotique. Encore un peu et elle allait baisser une bretelle de sa robe.

Elle me coupait le sifflet. Au lieu de sauter sur sa proposition, je me suis reculé sur mon siège. Quelques secondes, pas plus, mais assez pour l'impatienter :

« Que se passe-t-il ? Vous faites une micro-sieste, ou quoi ? »

Loin de là. J'avais plutôt l'impression qu'à côté d'elle, on ne devait pas souvent s'endormir. Une femme trop séduisante me proposait un scoop trop facile. J'ai émis quelques doutes :

« Il y a un moment que je traîne dans les parages de la politique. Je me méfie. Defoix va nous parler pendant deux heures, puis vous demanderez à relire l'entretien et vous couperez tous les passages saignants. À l'arrivée, le steak tartare se transformera en tranche de jambon. À la dernière minute, votre ministre aura peur des réactions de Macron et fera l'éloge de Sandrine Rousseau. Je ne parle pas des photos en maillot de bain qu'il faudra retoucher pour effacer sa bouée abdominale. Une fois tamisé les objectifs, il faudra débattre des adjectifs. On n'a pas fini de négocier chaque phrase. »

Elle n'a pas protesté, loin de là. Au contraire, elle a posé à nouveau une main sur la mienne, a planté son regard dans mes pupilles et, un sourire de pâtissière aux lèvres, s'est promis de longs moments de dialogue exquis avec moi. Elle pouvait toujours attendre. Les filles de la politique allaient râler mais je confierais Defoix à Monica. Et avec elle, pas de blague : elle défendrait chaque bribe de l'entretien comme une marchande au marché d'Alep facture ses pistaches à l'unité près. Ce que Defoix retirerait, elle le rajouterait dans le texte et les légendes qui accompagneraient les photos. De là à l'expliquer, motus. Pourtant, Anne-Lise avait du charme. La voir tomber tête la première dans le piège de Coco me gênait. J'ai tenté de la mettre en garde. Quand les cafés sont arrivés, j'ai évoqué le caractère du président :

« Emmanuel Macron est assez narcissique. Il n'a jamais pardonné à Édouard Philippe les photos parues dans *Match* pendant sa campagne pour les municipales du Havre. Trop beau, trop grand, trop mince. Il a perdu Matignon juste après. Je ne suis pas sûr que le sex-appeal de Defoix plaise tant que ça à l'Élysée. On ne s'aventure pas sans risque sur les plates-bandes du narcissisme royal. »

Aurait-elle changé de stratégie si j'avais cité Coco ? Pas sûr. Toute fière de son coup, elle se croyait très habile. Elle allait présenter mes six pages à Defoix comme un joker sorti de sa manche. Elle se prenait pour la nouvelle Marie-France Garaud. Belle, audacieuse, culottée même. Et indispensable. Laisser ses clients gérer leur notoriété, c'était confier un rasoir à un enfant. Sans elle, ils en faisaient n'importe quoi. Pour eux, en revanche, elle aurait trouvé un steak-frites sur *Le Radeau de La Méduse*. Au lieu d'appuyer sur les freins, elle a éclaté de rire :

Scoop m'avait déformé l'esprit, on parlait de grandes personnes. Macron et Defoix avaient passé le cap des querelles de coqs. Je me le suis tenu pour dit, puis j'ai payé l'addition. Surtout ne pas lui laisser croire qu'elle menait l'opération. Elle a trouvé ma politesse très vieux jeu :

« C'est moi qui vous ai invité. Réveillez-vous, Gilles : on est en 2022 et je ne suis pas une jeune innocente qu'on traite à une bonne table avec des idées derrière la tête. La carte bleue de l'agence est faite pour ça. »

Des idées derrière la tête, en effet, avec elle, je pourrais en avoir. Elle aussi, d'ailleurs. Quand elle a appelé un Uber sur son portable, elle a proposé de me déposer au journal. Elle filait à TF1, *Scoop* était sur son chemin, on pouvait encore s'offrir cinq minutes de tête-à-tête climatisé. J'ai décliné l'offre. Je préférais rentrer à pied. Par cette chaleur ! Elle m'a regardé comme un paysan directement sorti du *Chasseur français*. Elle m'a quand même embrassé sur la joue. Pour les détails, elle appellerait dans la journée.

30.

J'ai repris le quai d'Orsay dans le sens inverse. Toujours aussi tranquille. En plein jour, un silence de nuit noire. Autour des Invalides, Antoine Blondin trouvait les avenues profondes et paisibles comme des allées de cimetière. Ici, le long de la Seine, régnait un calme de salle des coffres. Dans les étages, quelques centaines de privilégiés s'étaient attribué les meilleures places de la ville pour y camper jusqu'à la fin de leurs jours. Devant moi, à peine sortie d'une page de *Vogue*, une femme blonde s'est extraite d'une limousine noire pour pénétrer sans hâte dans son immeuble, une forteresse en béton dans un gant de marbre. Souples et scintillants, même ses cheveux avaient l'air cher. Chargée de sacs Hermès comme un dromadaire, elle n'a regardé ni à droite ni à gauche. Ces gens ne voient personne. Leur mantra : n'être surtout pas crédité au générique de l'actualité. Ils planent lentement au-dessus de nous et ne laissent pas plus de traces qu'un bateau sur la mer. On occupe leurs conversations, on les distrait, on ne les gêne pas. Lutter contre eux ? À coups d'impôts sur la fortune ? Autant combattre le nuage de Tchernobyl avec des lances de guerrier massaï. Ils fileront ailleurs. Du reste, je n'y songe pas une seconde. Ils prennent sans doute le reste de l'humanité pour leur paillasson mais ils ne le proclament pas. Au contraire, sages comme des plantes, ils dépensent et investissent chez nous. Tant mieux pour tout le monde.

C'est sûr : mon ego ne me pousse pas dans le rouge. J'ai peu de convictions, au mieux des impressions. Quand je rencontre des personnes comme Édith, Coco, Anne-Lise ou même Clémence, j'ai peur de manquer de murs porteurs. Leurs propos n'atteignent pas des hauteurs académiques mais elles montent des coups, en veulent, intriguent, se battent, calculent et bougent les pions sur l'échiquier. Ce besoin d'imprimer sa marque sur le paysage, je n'y ai cru qu'une fois. En juillet 1996, juste après ma nomination comme rédacteur en chef.

Les éminences du journal paressaient déjà à la plage quand le vol TWA 800 pour Paris a explosé en vol au départ de New York, au-dessus de Long Island. Vous ne m'auriez pas reconnu. Un vrai journaliste d'investigation. J'allais chaque jour dans l'appartement de Pierre Salinger, rue de Bourgogne. Dans un hôtel particulier de la place des Vosges, j'ai rencontré des ingénieurs de Boeing convaincus que leur avion n'avait pas succombé à un incident technique. Des pilotes d'Air France m'ont reçu dans la tour Montparnasse. Et ça a payé : grâce à l'avionneur, *Scoop* a obtenu et publié les enregistrements ultra-secrets des contrôleurs aériens de l'aéroport Kennedy. Sur leurs écrans, cinq secondes avant l'explosion, une ligne verte fonçait droit sur le 747 de la TWA. Plus fort encore, à New York, notre correspondant, Olivier, mon plus ancien pote au journal, a remonté Long Island mile par mile pour sonner à la porte de toutes les propriétés ayant vue sur mer. Un travail de Romain. Une vraie scène digne des *Hommes du Président* quand Woodward et Bernstein décryptent sans fin les listes d'appels téléphoniques passés de la Maison Blanche. Et bingo ! Olivier a décroché le gros lot : prise sur une terrasse, à Southampton, pendant une soirée entre amis, une vidéo montrait clairement une trace lumineuse filant vers le haut, là où est apparue quelques secondes plus tard une boule de feu. Je jubilais. Pour moi, je rêvais au moins du prix Albert Londres. À tout seigneur tout honneur, Olivier aurait le Pulitzer. Puis le journal est sorti. Et que s'est-il passé ? Rien !

Les Américains ont fait durer l'enquête. Des mois, puis des années. Pour détourner l'attention, ils ont récupéré des dizaines de milliers de pièces de l'appareil au fond des eaux et l'ont reconstitué dans un entrepôt. Spectaculaire. Inouï. Jamais vu.

Le plus grand puzzle de l'Histoire. Du pur cinéma. Toute une mise en scène pour pouvoir affirmer qu'on ne relevait nulle part les traces caractéristiques d'une tête de missile sur l'enveloppe du jumbo. La boîte noire a eu beau révéler que tout s'était joué en quelques secondes, l'administration américaine a attribué le drame à un court-circuit dans le réservoir central. Un événement impensable : dans l'ère des grands jets de transport, tout au long de millions d'heures de vol, il n'y a jamais eu une seule explosion des réservoirs de carburant. Peu importe : la Maison Blanche avait choisi l'interprétation officielle. Pas question de mettre en cause les tirs d'entraînement de l'US Navy. Notre travail n'avait servi à rien. Sinon à me prouver que l'Amérique a toujours le dernier mot. Et à me couper les ailes – pour rester dans le domaine aéronautique. J'ai laissé aux autres la chasse aux grands scoops. Cela dit, je vous rassure, rien de cornélien chez moi dans ce choix : je ne suis pas animé par la rage d'en découdre. Du moment qu'il offre du bon temps, l'anonymat me va très bien. Je ne tiens pas à être quelqu'un.

Au déjeuner, quand je le lui avais dit en riant, Anne-Lise ne l'avait pas cru. Elle se faisait une montagne des petits hauts et des tout petits bas de la vie parisienne. Écartant les menaces qui planaient sur son cher Defoix, elle croyait que sa chute, si chute il y avait, éclabousserait les rives et boucherait le fleuve, telle une météorite tombée des nues.

J'avais émis des doutes. Depuis le temps, j'en avais vu sombrer des pachas dont les révélations devaient emporter la République. Quand Pasqua, Sirven, de Broglie, Cahuzac, Strauss-Kahn et les autres dégringolaient de leur piédestal, l'effet se résumait vite à une poignée de sable jetée dans un ruisseau. Juste des étoiles filantes qu'on laissait filer.

Au passage, quai Branly, j'ai fait un tour au musée Jacques Chirac des Arts premiers. Une parenthèse d'air conditionné s'imposait. J'y vais souvent à l'heure du déjeuner. Là, pour une fois, tous les arts naissent libres et égaux. L'Afrique n'y est plus cantonnée à un dénuement spartiate et à une vie tropicalisée autour de cases préhistoriques. Avant sa construction, des musées ethnographiques poussiéreux réduisaient de grands rois chasseurs à leurs chasse-mouches. De riches souverains étaient dégradés au rang de chefs de village surchargés d'amulettes. Le terme « indigène » résumait tout. On traitait l'empire songhaï ou les grands souverains Mandé avec la condescendance réservée au folklore. D'antiques civilisations, on ne gardait que les ornements. Comme si nos médiévistes étudiaient les gargouilles et oubliaient la cathédrale.

Heureusement, Jacques Chirac était remonté sur les traces du temps perdu. Avec Hubert, mon meilleur ami photographe de *Scoop*, on l'avait accompagné pour sa visite en avant-première de la grande exposition dogon. Sa longue silhouette un peu voûtée, ses grosses lunettes glissant sur le nez, appuyé sur une canne, il continuait de fréquenter son « Panthéon de l'humanité ». J'ai cru qu'il allait pleurer quand il avait pris conscience que la moitié des pièces dogon qui existent encore sur Terre étaient réunies là. Cinq minutes plus tard, la main sur mon épaule, il a bien pesé ses mots pour déplorer d'un ton navré que certains pensent que les Africains ne sont pas entrés dans l'Histoire. Faites-moi confiance : contrairement à lui, Sarkozy m'emballait mais j'en avais fait mon titre. À la fin de la visite, il avait proposé qu'on boive une bière dans le bureau du directeur mais Stéphane Martin, qui le traitait comme son père, a vu son épuisement. En nous quittant, il nous a juste salués de la tête puis s'est éloigné, vieux président soutenu du bras par son chauffeur. Ce n'était rien, juste une certaine idée de la France proclamant que tous les hommes ont droit aux légendes.

Quelques années plus tôt, à l'annonce de la création de son institution chérie, j'avais signé une chronique saignante pour m'étonner que Paris ait besoin d'un musée supplémentaire. J'aurais plus volontiers vu les Arts premiers célébrés à Carnac, à Lascaux ou près de la grotte Cosquer. Mais seuls les imbéciles ne changent pas d'avis et j'étais devenu un fan du bâtiment de Jean Nouvel. Sombre, avec ses allures de caverne, pleine de détours, plongée dans la pénombre, l'ambiance mystérieuse remonte dans les ténèbres du temps. Même le jardin avec ses mares et ses sentiers, ses fleurs, ses fougères et ses bambous, a l'air d'un bois sacré. La nuit, l'éclairage lui donne une allure de savane bleue. J'adore cet endroit à deux pas du journal où, pour mon plus grand plaisir, je tombe régulièrement sur des expositions qui n'ont rien à faire là – sinon attirer le visiteur. Le jazz, les armures de samouraïs, les maisons chinoises de Singapour… C'est n'importe quoi.

Une saison, ils avaient présenté les œuvres inspirées par l'empire colonial français : Indiens lascifs sur une pirogue amazonienne, pêcheur torse nu de la baie d'Along, fantasia à Meknès, odalisques alanguies entre éventails et narguilés, guerrier touareg… Kitsch assumé, tableaux sucrés et orientalisme chromo. Tout ce qu'on aime. Mais, bien entendu, par mauvaise conscience, le musée avait impitoyablement banni le mot « Empire » de l'exposition dont il était le seul sujet. Résultat : au lieu d'annoncer un merveilleux panorama à la Pépé le Moko, la direction avait titré « Peintures du Lointain » et personne n'était venu, ou presque. Le musée ne résisterait pas longtemps quand les esquimaux, les vahinés et les sorciers réclameraient le retour de leurs fétiches. D'ici là, trêve de pudibonderie, j'en profitais au maximum.

Ils étaient en train de monter une exposition sur les kimonos. Encore une loufoquerie. Certaines pièces étaient déjà arrivées, en particulier des tenues de scène de pop stars et le kimono de combat de Dark Vador. Serena, l'attachée de presse, une Napolitaine, me connaît comme le loup blanc. Elle m'a accompagné dans les salles où une conservatrice du « Victoria and Albert » dirigeait l'installation. 40 ans, peut-être 45, maigre comme une fille nourrie au brouillard depuis l'enfance, nerveuse, pressée, elle dictait ses instructions avec des gestes métalliques. Une vraie caricature de despote acariâtre. Depuis que Serena m'avait présenté, elle posait sur moi des yeux froids, durs et cliniques. Son regard me glissait dessus comme le faisceau d'un mirador. Pas question d'arracher un mot aimable à ses lèvres minces comme une fente de tirelire. Un iPad à la main, elle passait d'une pièce de tissu à l'autre et lâchait des numéros d'une voix excédée. Le chef qui joue son rôle de chef. Puis elle a craqué, s'est arrêtée net comme si on lui avait retiré ses piles et a foncé sur Serena en criant avec des lames de rasoir dans la voix :

« Je n'ai jamais vu ça. La presse invitée avant même la fin de l'installation ! Que fait-il là, celui-là ? »

Serena, gentille et diplomate, n'a pas voulu discuter et a annoncé qu'on partait. Tout doucement, sans élever le ton, j'ai quand même rendu la politesse à cette mégère :

« C'est plutôt à vous qu'il faudrait poser la question. Qu'est-ce que vos chichis pour geishas viennent faire dans un musée des arts préhistoriques ? Les kimonos sont le comble de la civilisation. Vous êtes au courant ? On ne prend pas de grands airs quand on vient se remplir les poches. »

Elle a eu l'air stupéfaite. Une vraie tête de bande dessinée. Quelqu'un sur le continent se permettait de la critiquer ! Les mots lui ont manqué. À défaut de me gifler, le despote nous a tourné le dos. Serena m'a raccompagné, enchantée. Cette Anglaise la gonflait. Par chance, elle-même partait le lendemain pour la Campanie.

31.

Le soleil continuait de taper. Qu'est-ce qui m'avait pris de rentrer à pied ? Je ne me suis pas pressé. Le temps d'arriver en nage au journal, il était 16 h 30. Et là, qui m'attendait dans le hall d'entrée de *Scoop* ? Clémence. Elle était passée à tout hasard. Le genre de fantaisie qu'on s'offre à 20 ans : débarquer sans prévenir.

D'abord, je ne l'ai pas vue. Trente personnes bavardaient et s'interpellaient. Une espèce d'assemblée générale improvisée. Des bourdons sous un abat-jour. Inévitable sujet de cette animation : Vincent Bolloré, toujours lui. Selon un communiqué d'agence, Bruxelles lui mettait des bâtons dans les roues. C'est la grande spécialité de cette ville. Cet été, elle avait déjà décidé de bloquer la fusion de TF1 et M6, dont l'union créerait un nain pouvant faire de l'ombre aux plateformes géantes de Hollywood. À présent, elle compliquait la vie du corsaire breton : à défaut de *Scoop* et de notre groupe, il allait devoir se rabattre sur *Match* et le *JDD*. Excellente nouvelle pour notre SDJ. Elle aurait dû sabler le champagne. Pas du tout. Désormais, *Scoop* devait manifester par tous les moyens sa solidarité avec les malheureuses proies du groupe Lagardère. Un vrai rebondissement. De la pure comédie italienne.

Quinze mètres plus loin, près des baies vitrées qui dominent la Seine, dans la douce fraîcheur de l'air climatisé, Clémence observait ce cirque depuis un des canapés destinés aux invités. Pas de perruque brune, elle ne jouait ni Bardot ni Uma Thurman. Avec ses cheveux blonds courts, un T-shirt bleu, un corsaire et des tennis de la même couleur, en petit marin comme la première fois à Larmor-Baden, elle rejouait plutôt Jean Seberg dans *À bout de souffle*. Elle ne m'a pas vu arriver. Un sourire amusé aux lèvres, elle écoutait Monica enveloppée dans une robe trop large, blanche à imprimés bleus, elle qui n'en porte jamais. On aurait dit qu'elle avait enfilé ses rideaux mais c'était sûrement une pièce de collection dénichée sur Vinted. Monica adore la mode qui, en général, le lui rend bien.

Si elle aime la politique, Monica préfère encore les acteurs. Évidemment partie prenante de toute cette kermesse, elle avait mis le grappin sur Clémence dès qu'elle l'avait vue apparaître dans le hall. Et l'avait rangée sous abri en m'attendant. Je n'ai entendu que sa dernière phrase mais j'imagine qu'elle tentait de lui ouvrir les yeux :

« C'est une vraie menace pour le pluralisme politique en France. »

Décidément, elle n'avait pas inventé le fond de teint. Avec elle, c'était toujours la même chanson. Le camp du bien et celui du mal. Des copeaux de slogans serinés partout, de la sciure de formules toutes faites, le tout débité pour produire de l'aggloméré paranoïaque standard. En gros : Bolloré allait confier *Match* et surtout le *JDD* à l'extrême droite. Le *JDD* qui consacrait une semaine sur deux sa couverture à un ministre de droite, où Gaspard Proust tenait chronique, dont Catherine Nay, la meilleure plume, écrivait auparavant pour *Valeurs actuelles*… Les lecteurs ne verraient même pas le changement. Comme d'habitude, Monica et les sociétés de rédacteurs plantaient des points d'exclamation enfantins. Et maladroits : cette fureur de clouer le bec à Marine Le Pen ! On devrait plutôt laisser cette illuminée détailler son programme pour sortir de l'Europe, démanteler les éoliennes, ramener en arrière l'âge de la retraite et nous précipiter dans la ruine. Les seuls que Bolloré devait déranger, c'étaient les autres millionnaires tels Arnault, Pinault, Kretinsky, Niel et compagnie qui s'avancent en chaussons, s'agenouillent devant l'indépendance des rédactions et font main basse sur les titres avec des douceurs de vieilles filles. J'étais prêt à rigoler mais Clémence s'en est chargée toute seule quand elle m'a aperçu :

« Oh, monsieur, vous êtes là. Quelle chance ! Bolloré était en train de me sauter dessus. Il paraît qu'il menace la République. »

Je l'ai rassurée, la pauvre petite :

« La République ! Une vraie balle de caoutchouc. Tout le monde tape dedans, elle rebondit, passe de pied en pied, monte le terrain et le redescend. Ne te fais pas de souci pour elle, rien ni personne ne va arrêter le match. »

Monica l'a bien pris. On est sortis sur la terrasse. Ces dames voulaient fumer. Sans moi. Je n'ai jamais acheté un paquet de cigarettes. À 40 ans, j'ai pris l'habitude de fumer un cigare, le soir, sur mon canapé, un livre à la main. Mais tout seul, à l'abri des regards. Plutôt jeûner une semaine que me laisser prendre en photo. Ne manquerait plus que les pantoufles et la pancarte « Bourgeois décati » dans le dos. Les havanes donnent un genre déplaisant. À droite, Édouard Balladur dans un fauteuil Louis XV avec un châle en soie sur les genoux ; à gauche, Michel Charasse tonitruant vous crachant la fumée au visage. Ça fait jouisseur repu. L'image dont je ne veux à aucun prix. Surtout avec Clémence dans les parages.

Si Monica, en la voyant entrer dans l'immeuble, a cru qu'elle prenait Clémence sous son aile, elle planait. C'était l'inverse. Une semaine plus tôt, à la première de son film, la gamine l'avait repérée auprès de François Ozon. Avec elle, pas d'entrechats. Elle file droit sur ses cibles. Dès Bolloré éliminé de leur dialogue, elle n'a donc parlé à Monica que de lui. Et elle m'a surpris. Elle a comparé Ozon à Woody Allen qui écrit, tourne et produit chaque année un film. Puis à George Cukor dont *Women* aurait servi de modèle à *Huit femmes*. Ensuite, elle a évoqué Fassbinder. Tout ça en deux minutes. Elle avait forcément préparé son coup. Sauf que Monica n'est pas prêteuse. En bonne journaliste, elle tient sous clé son carnet d'adresses et déteste partager les liens privilégiés qu'elle a établis avec l'un ou l'autre. Ozon, c'était sa chasse gardée. Oubliés, son accueil chaleureux et ses grands éclats de rire, elle s'est refermée comme une huître. Même les questions toutes simples de Clémence l'agaçaient. Personne n'allait empiéter sur ses plates-bandes. La gamine a achevé de creuser sa tombe quand elle a évoqué *Une vraie Parisienne* :

« Tourné par lui, ça ferait un film formidable. »

Tu parles ! Pas question pour Monica de partager Ozon. À peine cité le titre de mon roman, elle s'est rappelé l'urgence des urgences : sauver le camarade *JDD*. Clémence n'a pas compris. Elle n'avait encore jamais rencontré une célibataire carriériste qui, à 40 ans, a foiré sa carrière. Bienvenue dans la vraie vie. Monica écrivait mieux que personne mais n'était pas devenue rédacteur en chef. Même pas chef du service culture. Et à la SDJ, ils l'avaient quasiment chassée avec plumes et goudron. Pour rien au monde, elle n'aurait rendu service à ceux qui lui volaient la vedette. Évoquer *Une vraie Parisienne*, c'était lui déclarer la guerre. Pour tout dire, je m'en fichais éperdument. Cette vieille héroïne m'avait accompagné pendant trois ans, j'en avais fait le tour.

Avant qu'elle ne s'éloigne excédée, pour la calmer, je lui ai annoncé son prochain rendez-vous avec Defoix. Je la connaissais : un ou deux jours dans un palace face à Ouessant, ça lui parlerait. Pas tant que ça : elle a haussé les épaules, puis nous a tourné le dos. Elle avait une lutte à mener. Tu parles : le plus contrarié dans toute cette affaire, c'était moi. Si Bolloré nous laissait tomber et revendait ses parts dans *Scoop*, mes indemnités allait me filer sous le nez. Qui allait payer les quarante fenêtres en bois, à double vitrage et aux huisseries d'époque de Kergantelec ? Mystère. Heureusement Clémence était là. La vie continuait de sourire.

On est montés dans mon bureau. Partie chercher des cafés, elle s'est promenée un bon quart d'heure nez au vent dans les couloirs. Passée voir le mur numérique, elle a engagé la conversation avec les maquettistes. Un oiseau sur la branche, gaie, souriante, désœuvrée. À son retour, vautrée dans mon canapé, elle a feuilleté un numéro de *Beaux-Arts* consacré aux statues antiques recréées par Damien Hirst pour sa grande exposition à la Punta della Dogana à Venise. Il avait imaginé la découverte d'une galère coulée dans l'Antiquité avec un chargement entier d'œuvres d'art. Cela donnait de grandes sculptures, certaines nettoyées en parfait état, d'autres encore surchargées de coquillages, de corail, d'étoiles de mer… Des Ganymède et des Apollon, des colosses et des nymphes avec, en prime, Mickey et Pluto, nouveaux personnages mythiques. Soudain, Clémence s'est levée d'un bond. Il y avait une photo que je devais absolument voir. Tout de suite. Le Minotaure en train de prendre une jeune Athénienne, la reproduction d'un dessin de Picasso, un fougueux coup de reins catalan au Parthénon. Souriante jusqu'aux oreilles, elle l'a posée sur mon bureau :

« Vous savez quoi, monsieur ? Si j'étais riche, je vous l'offrirais. Pour l'installer dans notre chambre. »

Elle était folle, ou quoi ? Elle avait quarante ans de moins que moi. Encore un peu et elle allait se poser sur mes genoux. À *Scoop* ! Prudent, j'ai avancé mon siège sous le bureau. Du coup, elle s'est assise sur mes papiers :

« Franchement, monsieur, quel pétochard vous faites. »

Elle a attrapé la photo de Louis et d'Aurélien appuyée contre le mug à feutres :

« C'est peut-être l'âge d'un premier cours d'éveil à la nature pour ces deux petits anges purs comme l'eau de mer, vous ne pensez pas ? »

Non, je ne le pensais pas. J'ai reposé la photo, face contre le bois, et me suis levé. Un refrain de mon père m'est passé un quart de seconde par la mémoire : « Pour être sûr que rien de fâcheux n'arrive, assurez-vous que rien n'arrive. » Il fallait fuir cette petite peste comme le choléra. Manque de chance : plus joueuse que les cartes, elle n'en avait pas fini avec son numéro. Opiniâtre comme une sangsue, elle m'a pris le bras pour qu'on parle cinq minutes. Sur le canapé. Elle se fichait de moi :

« Vous savez quoi, monsieur ? Je ne suis pas plus dangereuse qu'une barbe à papa. Vous ne risquez rien. Je ne vais pas vous violer. Dommage d'ailleurs, c'est vachement bon la barbe à papa. Je suis sûre que vous adoreriez. »

Elle ne distinguait plus midi de minuit, mais moi si. Quand elle m'a vu rencogné dans le coin opposé au sien, elle a pris une mine boudeuse et a imité le ton de Bardot pour jouer son grand numéro de Baby-Doll :

« Bon, d'accord, monsieur. On reste amis, c'est tout. Pouvez-vous me prêter votre voiture ce soir ? Je dois être à 20 heures à Maisons-Laffitte pour une projection du film avec les acteurs dans la salle. »

La Mini lui convenait. On est partis la chercher à la maison. Dans le taxi, sa bonne humeur m'a mis sur mes gardes. À juste titre : une fois dans l'appartement, les clés en poche, plus question pour elle de filer. D'ici 20 heures, il lui restait tout le temps. Le temps de quoi ? Je le savais et, trop heureux, j'ai cédé…

Une heure plus tard, penchée en petite culotte à la fenêtre, elle commentait sa journée. Un seul problème me hantait : la voyait-on du rez-de-chaussée ? Pour les immeubles en face, je ne m'inquiétais pas. Deux rangées d'arbres touffus bordent la rue. Chez moi, au troisième, les feuillages entrent carrément dans le salon. Mais d'en bas ? La boulangère, le traiteur japonais et, surtout, les vendeurs du magasin de vélos électriques. Ces gamins à peine adultes allaient se régaler. Elle s'en moquait. Et de moi, au passage :

« Vous savez, monsieur. Vous méritez une très bonne note. Pas 10 sur 10 comme Thomas mais au moins 8. En tout cas mieux que Frédéric qui a rarement plus de 7. »

Pas question d'entrer dans cette compétition. Je suis parti me faire un café et lui ouvrir un Coca. À mon retour, surprise, elle était rhabillée. Je lui ai proposé de prendre une douche. Elle a trouvé ça trop gentil. Et inutile :

« Ça n'était pas non plus l'escalade de la dune du Pyla. Et puis, je ne compte pas m'installer. Je voulais juste voir vos grains de beauté. Je me doutais que vous en auriez plein. Le petit juste au bord de la cicatrice de l'appendicite, il est trop mignon. Pour un vétéran, vous êtes quand même canon. Le ventre plat, de bonnes épaules. Franchement, monsieur, si vous aviez des bras plus épais, vous seriez mon idéal masculin. »

Je me le suis tenu pour dit. Sans commentaire. Elle avait vraiment un estomac à avaler les pythons. Et il faisait trop chaud pour me lancer dans des conversations. La canicule n'en finissait pas. Je lui ai quand même rappelé sa projection. Il était déjà 19 h 30. Aucune importance :

« Finalement, je n'y vais pas. Je prends le train demain pour Larmor-Baden. Je dois faire ma valise. Je vais appeler ma mère, lui dire que je rentre dîner. »

Comme si de rien n'était, elle a commencé à passer des coups de fil. Chez elle, à Coco, à Frédéric. Juste quelques mots. Et à Uber. Puis elle m'a embrassé, sur le coin des lèvres, très vite, comme un vieux copain, rien de plus. Dans la cage d'escalier, elle a juste dit :

« Dès que vous êtes à l'Ile aux Moines, vous m'appelez. Sur ces tournages, il n'y a rien à faire. On pourra bien s'amuser. »

J'ai refermé la porte. Complètement abasourdi. Et mélancolique. Ce coup de fil, elle n'avait pas fini de l'attendre. Il était temps d'arrêter les folies. Et puis, cette histoire de dune du Pyla, quand même, quelle peste !

32.

Trois jours plus tard, Clémence partie vers l'ouest, Édith est rentrée, bronzée, blonde, lumineuse, assez jolie pour être franc. Le soleil l'aimait bien. Son ramage ne se rapportait malheureusement pas à son plumage. Résumés par elle, les trois numéros conçus sous ma houlette n'étaient ni faits ni à faire. À ses yeux, j'étais une fois pour toutes assigné au banc des remplaçants, pas plus. Les plages de Pampelonne lui avaient fouetté le sang. Sujets à lancer, enquêtes à mener, elle regorgeait d'idées. Hors de question de s'encombrer des miennes. Au déjeuner, à l'Eiffel Café, elle a passé par-dessus bord la série d'été que je venais de lancer pour le mois d'août :

« Dandies du bout du monde ! C'est quoi, ce projet ? Peter Beard, Bruce Chatwin, Sylvain Tesson… Je me moque que Peter Beard ait couché avec toutes les aristos de Londres et de Washington. À Paris, c'est mister Nobody. Et les photos de Chatwin !

En Patagonie, merci bien. Je veux des drames connus avec des gens connus dans des lieux connus. C'est ça, une série d'été. Et puis, trois célibataires. En 2022 ! Je ne veux même pas imaginer ce que #MeToo découvrira un de ces quatre matins. »

Édith n'enfile pas de gants, ne prépare pas son champ opératoire, sort tout de suite le bistouri et tranche dans le cuir. J'ai passé les deux heures au restaurant dans la peau d'une hirondelle partageant son repas avec un aigle. Quand je me suis plaint d'avoir à décommander les trois papiers déjà programmés, pas de pitié, elle m'a envoyé valser :

« Ça t'apprendra à vivre au-dessus de tes moyens. Tes pieds sortent de la couverture. Ne lance pas de sujets sans m'en parler d'abord. »

À part me faire avaler couleuvre sur couleuvre, le déjeuner avait suivi un cours plutôt paisible. Édith est gourmande, mange du pain, boit du vin, commande un dessert. Assise à une bonne table, elle dit ses quatre vérités sur un mode tranchant mais avec le calme des troupes bien ravitaillées. À l'Eiffel Café, ensoleillée et appétissante, sa jolie poitrine enrobait ses propos d'une douceur conviviale. À peine rentrée au journal, en revanche, elle a retrouvé son ton métallique pour clouer le bec à une fille du service politique. La pauvre proposait le papier d'un Russe. Incroyable mais vrai : en plus d'être russe, il ironisait sur les Ukrainiens qui se proclamaient maintenant « Russes malgré eux ». Pendant soixante-dix ans, de Trotski à Khrouchtchev et de Brejnev à Gorbatchev en passant par une flopée de bras droits de Staline, la terreur du Politburo avait parlé avec un terrible accent ukrainien. Je trouvais l'idée excitante. Et même instructive. Avec les indigénistes, les décoloniaux et autres racialistes, on avait nos propres spécimens de « Français malgré eux ». Cette manie de réécrire l'Histoire. Et ce besoin de réclamer des excuses pour des crimes dont on n'avait pas souffert à des gens qui ne les avaient pas commis. C'était pénible mais cela reposait sur des faits. On ne peut pas accepter l'oubli pour solde de tout compte. Sinon à quoi servaient l'Histoire, la culture et, pour finir, le journalisme ?

Qu'est-ce qui m'a pris ? J'ai tenté de défendre le papier. Être à 100 % derrière l'Ukraine n'interdisait pas de garder un poil de sens critique. Si le Russe avait un doigt de talent, l'article pouvait être savoureux. On a le droit d'être sarcastique, même en temps de guerre. Pas pour Édith qui n'emprunte que ses propres sentiers. Avant l'été, elle avait passé à la trappe un papier un peu iconoclaste sur les oligarques du cap d'Antibes venus de Kiev. Comme redouté, elle nous a envoyés balader :

« Pas un mot, pas un seul, défavorable à l'Ukraine. Aucun cours d'histoire non plus. Et surtout pas de sarcasmes. On va se faire plaisir cinq minutes puis pendant des jours, Twitter va nous lyncher : *Scoop* soutient Poutine, *Scoop* se fout des

Ukrainiens, *Scoop* défend l'indéfendable… Merci bien. Garde tes bonnes blagues pour tes dîners chez Lipp et laisse-moi faire mon journal. »

Parfois un souffle de sincérité m'anime. Presque de courage. J'ai insisté. Faire un bon journal ne se résume pas à écrire ce que tout le monde souhaite lire. Depuis quand la vérité nuit-elle aux bonnes causes ? Ce Russe avait peut-être des choses à dire :

« Quand la France choisit son camp, elle sombre dans le simplisme. Au Rwanda, les Hutus ont tous les torts et les Tutsis peuvent se venger impunément : ils sont les martyrs une fois pour toutes. En Bosnie et au Kosovo, les Serbes ont tous les torts et les Albanais peuvent se livrer à tous les excès, de toute façon, ils sont les victimes. À présent, ce sont les Ukrainiens : personne n'a le droit d'émettre la moindre nuance à leur propos. Surtout ne pas rappeler qu'ils ont été des staliniens de première comme les autres. On peut les défendre sans les prendre pour des saints. Ou soutenir les Catalans sans oublier qu'avant de maudire Franco, ils adoraient Primo de Rivera. Ce n'est pas avec des émotions surjouées et en gardant soigneusement les cadavres dans le placard qu'on fera revenir les lecteurs. »

Après les Ukrainiens, voilà qu'arrivaient le Kosovo, la Catalogne et le Rwanda. Avec, en prime, une petite leçon de déontologie journalistique. Au regard que m'a lancé Édith, j'ai vite compris que j'avais intérêt à revenir sur mes pas. Le repas avait épuisé ses ressources de patience. Balayant d'un geste ces miettes de morale, elle m'a demandé agacée quand je partais pour l'Ile aux Moines. En fait, je n'attendais que son retour. Elle ne me l'a pas fait répéter :

« Parfait, mon beau. Les portes sont grandes ouvertes. On t'attend sûrement sur ton caillou. »

33.

Deux heures plus tard, mon bureau à peu près rangé, j'allais filer quand Coco m'a attrapé au vol. Égale à elle-même, toute en nuances. Au téléphone, elle rugissait :

« Tu crois pas que cette pauvre fiotte de Klemens nous attaque pour trois mots ? Pas question de lui accorder un droit de réponse ! Je compte sur toi. C'est pas le moment de baisser ton froc. »

Ce Klemens était l'ancien agent d'Anne de Serres. Comme actrice, il n'y avait rien à dire : deux César avaient couronné un jeu plat mais jugé très juste par le milieu. Comme personnage, en revanche, une vraie peste, capricieuse, faiseuse d'histoires, se prenant pour une intello, très méprisante, limite odieuse. La femme savante livrée avec tous ses travers. Et ses ridicules. Plus personne ne voulait avoir affaire à elle. Pas même Klemens, son âme damnée pendant des années. Pour la presse, tout passait désormais par Coco. Et ça n'avait pas manqué :

quinze jours plus tôt, à force de faire du zèle pour plaire à l'actrice, elle avait planté *Scoop* dans le décor. Se moquant une fois de plus des injonctions de la justice lui interdisant nos couloirs, elle avait obtenu du secrétariat de rédaction de relire le papier consacré à Anne de Serres et elle avait tiqué sur la phrase : « À la fin de l'année dernière, Anne s'est séparée de son agent. » En bonne mouche du coche, Coco avait fait ajouter : « d'un commun accord ». Évidemment, c'était faux. Résultat : Herbert Klemens nous attaquait. À tout le moins exigeait un droit de réponse. Faites confiance à Coco, elle n'avait pas la moindre intention de baisser pavillon :

« Crois-moi : le Klemens va vite se faire tout petit. Qu'Anne dépose une plainte contre lui pour comportement sexuel déplacé et tu vas voir combien de starlettes vont se rappeler son haleine dans leur cou, ses grosses pattes sur leur cul. »

J'aurais mieux fait de poser des questions. Au lieu de ça, j'ai prié Coco de passer le mistigri à Édith. J'étais pressé. Trouver un billet sur le site de la SNCF allait me prendre des heures. Elle s'est fichue de moi :

« Alors, ça y est, mon pauvre lapin. Tu pars boire du cidre au Groenland. Rappelle-moi comment s'appelle ton trou.

— L'Ile aux Moines. Dans le golfe du Morbihan.

— Morbihan. Rien que d'entendre ce mot, je sors mon parapluie. Si tu reviens à la raison, rejoins-moi à

Saint-Trop avant de te suicider. Je te trouverai un lit de camp quelque part. Finalement, je suis contente de t'avoir mieux connu : t'es pas le mauvais mec. »

Saint-Trop, ses moustiques, ses huiles solaires, ses spritz et ses siliconnasses n'avaient pas commencé de m'attendre que, le lendemain matin, j'étais à Montparnasse. Toutes les gares parisiennes ont du cachet, sauf elle. Il paraît que la Ville voulait lui donner une allure d'aéroport. Au lieu d'Orly, on a hérité d'un poste frontière de l'URSS dressé entre Paris et la Bretagne. Posée sur un ancien quartier bohème telle une autoroute en plein village, elle a le charme d'un commissariat. Verre sale, ferraille, alu rouillé, béton poussiéreux, vieux plastique, carrelage en ruine… N'importe quel architecte se régalerait avec elle : tout est à refaire. Du reste, elle est sans arrêt en travaux. Mais ils pourront bien la lifter, lui mettre des lentilles de couleur, lui affiner la silhouette, sur le trottoir parisien, elle aura toujours l'air d'une vieille pute de Berlin-Est. Le pire, c'est les jours de grand départ. Dieu sait pourquoi, la SNCF choisit systématiquement ce hangar hideux pour s'y planter en splendeur. C'est le paradis des caténaires frappés par la foudre, des courts-circuits électriques, de la signalisation en folie, des rails dilatés par la canicule bretonne… Entassés les uns contre les autres, on y poireaute sans fin. Debout car il est impossible de s'asseoir où que ce soit.

Tout arrive. Le Paris-Quimper est parti à l'heure. Dans mon enfance, on mettait cinq ou six heures pour atteindre Vannes. Il y avait même des trains de nuit. Désormais, deux heures et demie suffisent. À la sortie de Paris, quand on longe l'autoroute, on laisse sur place les voitures lancées à 130 kilomètres/heure. Côté charme, en revanche, plus d'acajou, de photos au-dessus des sièges, de portes coulissantes et de compartiments. Ils ont tout retiré, même les secousses. Qu'on soit assis dans un train, un avion ou un bus, on a l'impression de patienter dans une agence bancaire. À côté de moi, le sac de son petit chat sur les genoux, les yeux grands ouverts fixés devant elle, une jeune fille n'a pas fait un mouvement de tout le voyage. Dans le carré précédent, une jeune mère occupait ses enfants avec leurs devoirs de vacances. Prié de citer son animal préféré, un des fils a répondu « le saucisson ». J'ai lu le journal tenu par Élisabeth de Gramont pendant la guerre de 14. Toujours aux premières loges, elle était des coteries Proust, Briand ou Berthelot. Quel miracle que nous ayons gagné la guerre ! Foch, Nivelle, Pétain, Viviani, Poincaré, Lyautey, Clemenceau (son idole) se détestaient. Ils ne cessaient de glisser des pièges à loup sous les pas des uns et des autres. Dommage qu'on ait oublié ce livre qui se dévore comme un polar. Même en plein chaos, la France restait la France : bavarde, mesquine, exaltée, découragée, nerveuse, pleine d'esbrouffe, gavée de mots creux et soudain capable d'une ruade qui la remet sur pied par miracle. À sa tête, il lui aurait fallu des Bretons. Il y aurait eu beaucoup moins de morts. Les Français gaspillent sans cesse. Même les vies humaines. Il faut toujours qu'ils en fassent trop.

À Vannes, au lieu de prendre un taxi pour Port-Blanc, j'ai attrapé au port une vedette verte qui vous jette directement sur les îles. Le ciel était bleu, un peu allégé. Des vagues paresseuses caressaient la côte. Tout était clair et net. Dieu a mieux réussi la mer que la terre. Pas de routes, de ronds-points, de haies, de bornes, de panneaux, de tranchées, de limites. Rien ne laisse de trace à la surface. Des reflets, des rochers, des oiseaux, quelques voiles, des arbres penchés sur les rives, aucun relief à l'horizon… Un dépouillement d'estampe japonaise. Passé Conleau et Séné, on a atteint le golfe lui-même. Éparpillés en pièces de puzzle sur un tapis vert, Boëdic, les Logoden, Drénec, Holavre, Piren et les îlots flottaient comme des pétales sur l'étang à nénuphars de Monet. À Irus, les mouettes faisaient la queue sur le toit de la propriété. Je glissais sur un tapis roulant de souvenirs, de pêches, de régates, de flirts… Enfin, après le Trech, le port de l'Ile aux Moines est apparu.

Au-dessus de la jetée, d'anciennes tempêtes avaient un peu démeublé le bois d'Amour que le Conservatoire du littoral repeuplait mais l'effet restait le même qu'il y a cent ans : de longs pins maritimes tenaient conclave sur la hauteur et hochaient mollement la tête sous la brise au-dessus de la Jument, le plus fort courant d'Europe (dit-on). Comme d'habitude, j'ai eu l'impression de revenir sur la ligne de départ. Ce spectacle, c'est toute ma vie. Et, avant moi, ce fut celui de mon grand-père. À Bergen-Belsen, éreinté par le typhus, ne pesant plus que 40 kilos, il s'était acharné à tenir jusqu'au retour au pied de ces géants hautains dont le calme maintient le monde au loin. Il mourrait dans leur grand salon d'eau et de verdure sous ses nuages en marche. Ce rêve entêté avait suffi à lui faire attraper au vol le dernier fil du ruban de sa vie. Revenu d'une autre planète, il avait trouvé la force de regagner sa petite mer de famille où l'océan vient dormir autour de son île chérie dessinée comme un crucifix.

34.

Doutant de trouver à la dernière minute un billet fin juillet, prêt à me faufiler dans un BlaBlaCar, pire encore à prendre un car, je n'avais pas prévenu de mon arrivée. Personne ne m'attendait sur le quai. Louis, Aurélien, ma femme et les autres devaient être à la plage ou en bateau. J'ai longé à pied les mouillages du port. Rien à voir avec une route en forme de U ou avec un bassin fermé. Pas d'entrée, de digue, de passe. Juste une longue promenade au bord de l'eau. Avec la grand-plage sur l'autre bord, le quai forme un des quatre bras de l'île en forme de croix, le plus petit. Trois ou quatre bistrots, une boutique de souvenirs, des loueurs de vélo, quelques villas. Juste au-dessus, perché sur une hauteur, le bourg. Rien de balnéaire, de Riviera, d'estival. Au-dessus d'un étage, il y a le ciel. On n'est pas à La Baule. À la rigueur à Saint-Tropez il y a deux cents ans. Sur l'île, les siècles ont l'épaisseur des minutes ; rien ne change jamais, ou presque. La marée descendait. Dans le fond de l'anse du Lério, devant chez Charlemagne, posé sur sa barge, le restaurant flottant commençait à se poser sur le fond. Par pleine mer, Aurélien exige d'y prendre une glace. Pas à marée basse. Il a les goûts esthétiques de sa grand-mère, ma femme, une Napolitaine pour qui une mer idéale lèche les murs. Ma mère pensait le contraire :

« La marée basse, c'est comme le violon. Tu frottes du crin de cheval contre des boyaux de chat et ça donne un concerto de Mozart. Ici, tu t'enfonces dans la vase et la caillasse et tu obtiens le premier matin du monde. »

Je suis rentré par le jardin, trop grand pour nous. Personne ne s'en occupe. Tout ce que j'y fais, c'est ramasser des tas de petit bois pour lancer mes feux de cheminée à Noël. Mes pas s'enfonçaient dans un tapis d'aiguilles de pins, d'herbe fauchée, de feuilles mortes, de mousse, de branches pourries, de fougères... Caressant le nez, son odeur était ma madeleine de Proust. Quand il pleut, on marche sur des coussins de mousses gorgées d'eau. Au bout de l'allée de tilleuls, la façade sud m'attendait, plein soleil, sans une écorchure, superbe. Vues de loin comme les étoiles, ces vieilles propriétés ne font pas leur âge. L'intérieur vous ouvrait les yeux, digne de l'enveloppe, mais en décati. Plein de boiseries, de vieilles reliures, de meubles anciens qui avaient perdu de leur lustre et de leur équilibre. Au premier coup d'œil, tu reconnaissais la catégorie de la maison : pas le genre qui s'achète, plutôt le genre déglingué qui « est dans la famille ». Où on ne jette rien. Heureusement que ma fille était là. À la déchetterie, ils ne connaissent qu'elle. Depuis son divorce, elle a tout pris en mains. Et tout remplacé. Les fenêtres à l'ancienne en bois et à double vitrage, les planchers en chêne, les dalles en granite de la cour d'honneur… Elle passe sa vie à vider mes comptes. Avec ma sœur, elles commençaient à parler de piscine. Encore trois ou quatre ans et on aurait un « Relais & Châteaux ». Et moi, j'irais en prison pour dettes. À moins que Vincent Bolloré ne me sauve. Tout le deuxième étage reste à refaire. Depuis des mois, je l'attendais comme le Messie. Quand allait-il nous mettre la main dessus ? Qu'est-ce que c'était que cette histoire de s'offrir plutôt Lagardère ? J'aurais mieux fait de m'agiter. Mais il n'en était pas question. Une fois sur l'île, mes rares qualités de journaliste se couvrent vite de toiles d'araignées.

Mon imagination ne bat pas la campagne. Elle voit rarement plus loin que ce que je tiens entre les mains. J'ai la même femme depuis quarante ans, je viens ici en vacances depuis ma naissance, je n'ai jamais envisagé de quitter *Scoop*… J'ai donc fait comme d'habitude : en vingt-quatre heures, j'ai complètement démobilisé. À peine enfilés un bermuda et un T-shirt, Édith, Coco, Anne-Lise et compagnie me sont sorties de l'esprit. Ces filles ont trop d'idées, trop d'énergie, trop d'arrière-pensées. Elles vous donnent le mal de mer à force de calculs. Bienheureux qu'elles ne soient plus là à me tendre le biberon, je me suis laissé aller à faire ce que je fais le mieux : rien. Quand il n'a aucune occasion de s'exercer, l'esprit se rouille. Chez moi, ça va très vite. À Kergantelec transformé en home d'enfants, je joue juste le rôle de grand-père qui s'arrache en soupirant à ses lectures. Franchement, en portrait chinois, je me vois à la dérive, comme un bois flottant. Ça arrange tout le monde. Ma fille règne, mon fils loue des voiliers et organise des chasses au trésor sur Ilur ou Berder, ma femme dresse la liste des courses et, pour leur échapper, je me faufile avec un livre sur la terrasse ou au fond du jardin, hors de vue. Ma vie sociale se résume à descendre me baigner en fin d'après-midi lorsque les régiments de touristes rembarquent. Même sur le sable, cela dit, Vincent Bolloré occupait les esprits.

Attention : sur la plage ethniquement très homogène de l'île, un Breton parti à l'assaut de la capitale, cela passait beaucoup mieux qu'à la SDJ de *Scoop*. Étalées sur leurs serviettes, peu de mes vieilles copines prenaient France Inter pour leur maîtresse d'école et aucun de leurs maris ou de leurs jules ne citait jamais Mediapart, le gendarme déguisé en apôtre. François, notre voisin de cabine, était banquier. L'Amérique était son nirvana. Tout marchait là-bas. Avec ses obèses, ses crimes de masse, ses fusillades à l'école, ses hystériques anti-avortement et son Trump, elle m'emballait moins. J'aime bien nos repas de famille, la carte Vitale et l'école gratuite. En fait, c'est triste à dire, la France me convient. Cela dit, François a fait Polytechnique, il sait tout. Il peut même expliquer le mouvement des marées. Pour lui, les anciens soixante-huitards bourrés de tolérance creuse rêvent de vivre en dictature ; histoire de déployer un courage dont, en France, ils n'ont jamais pu faire la preuve. Contrairement à leurs affirmations, Bolloré les enchante. Il offre l'occasion d'une dernière lutte. Après avoir adoré Tito, Hô Chi Minh, Castro et Chávez opposés aux despotes capitalistes, ils renfilent le treillis pour barrer la route au nouveau Citizen Kane. De soi-disant rebelles inventent de prétendues menaces pour entrer en résistance sans aucun risque. L'éternelle comédie française. Pour tout dire, je pense plus ou moins comme lui. Mais, surtout, je m'en fiche. En fait, dans tout ce farniente, une seule question me tourmentait : Clémence allait-elle appeler ?

Pas question de faire le premier pas. Dans *L'École des femmes* j'avais l'âge de tenir le rôle d'Arnolphe, le barbon qui s'accroche. Surtout ne pas me mettre dans sa situation. Dans la vie, tu peux être intéressé, cruel, médiocre ou moche et parvenir à tes fins. À tous tes défauts, tu peux opposer un démenti. Ridicule, en revanche, tu es perdu. Contre cette mortification, il n'existe pas d'arme. Je me faisais des films d'horreur en imaginant Clémence recevant mon coup de fil au bord de la piscine de Larmor-Baden et faisant des grimaces à l'équipe de son film pour marquer ses distances avec le vieux fiancé collant comme un chewing-gum. Mieux valait la boucler. Et patienter. Tu as toujours le temps de placer un mot tendre dans le fil d'une conversation affectueuse, jamais celui de le retirer quand il arrive trop tôt. Parfois la sincérité ne pardonne pas. Je n'allais quand même pas lui dire « Je t'aime ». Ni qu'elle me manquait. Le mensonge, non plus, ne pardonne pas. Et me manquait-elle vraiment ? Je n'en étais pas sûr.

Prenant ma lâcheté à deux mains, j'ai quand même emprunté deux ou trois fois son zodiac à ma sœur et emmené à marée haute Louis et Aurélien naviguer devant Larmor-Baden. J'espérais que Clémence nous apercevrait depuis la terrasse de leur propriété d'émir. Peut-être reconnaîtrait-elle le zodiac blanc ? Et son capitaine. Ensuite on allait se baigner juste en face, à Berder. J'adore cette île. Une vraie forêt, pas immense mais touffue comme l'Amazonie. Des pins, des sapins de Douglas, des thuyas, des mélèzes, des palmiers... Les troncs s'emmêlent comme dans une orgie. Revenant les cales vides des colonies, les marins du golfe se servaient d'eux comme lest et les plantaient n'importe comment au retour. Pendant longtemps, les Oblats de Marie-Immaculée, puis les sœurs de Saint-François y ont passé l'été. Avec mes copains, on longeait l'île en dériveur et on baissait nos shorts pour leur montrer nos fesses quand leurs petites élèves se mouillaient les pattes sur la plage. Louis et Aurélien m'ont fait répéter ce haut fait ; pour une fois, ils m'ont observé bouche bée. Du côté de Clémence, en revanche, silence radio. Elle regardait ailleurs. Ne comptez pas sur moi pour forcer le sort.

Deux ans plus tôt, participant à une série d'été de *Scoop* sur les rendez-vous manqués de la politique française, j'avais rédigé les papiers concernant Mendès France et Rocard. Je leur avais tressé mille couronnes mais leur irrésolution avait passé un sale quart d'heure. Je l'avais mise sur le compte d'une élégance de seigneurs repus égarés dans la plèbe des politiciens affamés. Il fallait qu'on supplie ces altesses pour qu'elles daignent prendre le pouvoir. J'avais cloué au pilori ces hautes vertus qui craignaient trop d'échouer pour avoir la volonté de réussir. C'était mon tour de patauger dans l'indécision.

À 20 ans, l'amour est tout simple : tu cherches la porte d'entrée et, dès qu'elle s'entrouvre, tu mets le pied sur le palier, tu fonces et tu pousses la musique à fond. À 60, parvenu dans la chambre, tu te précipites pour fermer les rideaux et tu t'arranges pour ne faire aucun bruit. Je ne parlais de Clémence à personne. Pour ma femme, ma fille, mon fils et ma belle-fille, je ne jouais qu'un rôle :

grand-père gâteux. Ma vie sentimentale se bornait à Louis et Aurélien et je m'en portais bien. J'adore ces deux garnements. Mais ma pensée tournait autour de Clémence comme la lune autour de nous. Je m'en voulais : à force de ne blesser personne par mes aveux, je trahissais tout le monde par mon silence. Et il n'y avait aucune solution : si je voyais Clémence en secret, je mettrais un bonheur assuré en danger pour un plaisir en pointillé. Franchement, c'était nul. J'avais honte. Mais je me connais : je vis à feu doux, j'étais parti pour réfléchir au problème tout l'été. Clémence a tranché. Elle a appelé.

35.

Pas d'approches délicates, titilleuses et caressantes : le cérémonial n'est pas le genre de mademoiselle. Au bout du fil, sa voix s'est déroulée comme un ruban, veloutée, délurée, gracieuse et vive. Une musique de plage :

« Eh ben, monsieur, vous m'avez effacée du paysage, ou quoi ? Je vous rappelle que je suis à un coup d'ailes de mouette de l'Ile aux Moines. On dirait que votre vieille baraque du temps de Richelieu, c'est le palais de la Belle au bois dormant. Il faut que je vienne en personne poser mes lèvres sur votre front pour vous réveiller ? »

Ce vouvoiement qui tutoie et le piment sexy de ce « monsieur » : un tour de clé et elle m'a remonté telle une horloge. En bon bourgeois pétochard installé en famille à deux pas du volcan, j'ai vu se lever un de ces fameux orages tellement désirés. Heureux et affolé, je lui ai demandé ce qui me valait la joie de l'entendre. Je la croyais en plein tournage. Son rire m'a ramené sur Terre :

« Qu'est-ce qui vous vaut la joie de m'entendre ? Mais vous datez de votre maison, monsieur. La dernière fois, c'était un bon vent qui m'avait amenée. Plus personne ne parle comme ça. Ce qui vous vaut la joie de m'entendre ! J'y crois pas. Et la joie de me voir, ça vous effleure l'esprit, parfois ? Ou le cœur ? »

Je me suis excusé. Elle aussi. Elle me mettait en boîte, c'est tout. Inutile que je rentre me terrer à Paris, elle ne comptait pas venir me « rouler des pelles » devant ma femme. Elle avait juste envie de passer sur l'île. Et d'être bien sage :

« Qu'est-ce qui vous vaut la joie de me revoir, je vous le dirai. Mais plus tard, quand vous n'aurez même plus envie de le savoir. Pour l'instant, vous me manquez. Et puis ces deux fameux mousquetaires, Louis et Aurélien, j'aimerais les connaître. On a besoin d'un ou deux gamins pour une scène du film. Si ça marche, ils pourront s'acheter des bonbons toute l'année. Ou le fameux maillot de Mbappé dont ils rêvent tous. »

Bref, le lendemain, j'étais sur le port pour l'accueillir avec les bambins. À bord de la navette qui l'amenait du continent, deux blancs-becs l'avaient flashée sur leur iPhone et quelques gamines l'avaient reconnue. Sans qu'elle se prenne encore pour Deneuve, ces premiers pas vers la notoriété sentaient déjà bon le tapis rouge. Son humeur était assortie au grand soleil et à la chaleur – je parle de 27 ou 28 °C, on est en Bretagne, pas chez les Zoulous au sud de la Loire. Louis et Aurélien l'ont ramenée sur Terre en lui accordant cinq secondes d'attention, pas plus. Puis ils ont repris leur course à vélo à travers le flot des touristes. Début août, aux alentours de midi, le port de l'île, c'est le boulevard Haussmann. Je les ai renvoyés direct à la maison. S'ils écorchaient quelqu'un et récoltaient une claque, ça leur apprendrait la vie. Avec Clémence, pour échapper à la foule, on est passés par la plage. Bizarrement, elle était plus habillée que lors de sa dernière apparition dans les locaux de *Scoop* : un bermuda en jean, un chemisier blanc et des Repetto bleu pâle ; parfaite pour l'Ile aux Moines encore à l'écart des circuits porno-chic de Gucci, Versace, Coco et compagnie. Elle m'a fait remarquer son bel effort :

« Vous avez vu : je la joue jeune fille rangée. Je ne veux pas provoquer de crise cardiaque chez votre femme. Rassurez-vous, on arrête avec "Monsieur", on passe à Gilles. Ça tombe bien, d'ailleurs : j'adore ce prénom. »

Parfait. Après la plage, on est remontés au bourg en passant sous les grands arbres du Toulpry. Au-dessus du portail, Clémence a remarqué la date, 1633, gravée dans la pierre. Une fois dans la cour, observant les feuillures ouvragées autour des grandes fenêtres à petits carreaux, les dalles de granit, les deux camélias, les trente boulins du pigeonnier, le puits et toutes ces ruines un peu grandiloquentes, elle a regretté de n'avoir pas emporté éventail et ombrelle. Louis et Aurélien, comme d'habitude, avaient abandonné leurs vélos par terre n'importe où. La table de ping-pong au fond de la cour donnait une légère touche contemporaine. Clémence s'en est étonnée :

« Le ping-pong, dans ce décor, c'est permis, ça ? Vous prenez des boucliers pour raquettes ? »

Ayant entendu le bruit de ferraille du portail, ma fille est sortie. Les commissures de ses lèvres esquissaient un sourire en trompe l'œil, un peu sardonique, provocateur, légèrement menaçant. Pas besoin d'un diplôme en DEA de psychologie pour en saisir le sens. Margot a ouvert d'emblée les hostilités sur un ton menaçant d'amabilité rieuse :

« Alors, c'est vous, la vieille copine de papa, 18-19 ans. Bienvenue à la maison, sa vieille maison, 300-400 ans. Si vous voulez, je vous fais voir le rez-de-chaussée pendant qu'il prépare les spritz. »

J'ai filé à la cuisine, trop content d'échapper à la tension. Prosecco, Aperol, San Pellegrino, rondelles d'orange, le plateau, les verres, la carafe… J'ai pris tout mon temps. À croire que je préparais la potion magique de Panoramix qui allait tout arranger entre ma fille, ma femme et la poupée infernale tombée des cieux adolescents où je n'avais rien à faire. Comment m'étais-je retrouvé dans ces draps-là ?

Trente ans plus tôt, à mon arrivée à *Scoop*, quand je partais en reportage, j'avais la culotte entre les dents dès que je passais le périphérique. Mais aujourd'hui ! J'avais l'âge d'être en congé définitif de ces fleurettes. Pour faire traîner mon sursis, j'ai coupé des rondelles de saucisson et des morceaux de melon. Je n'aurais pas mis plus de petits plats dans les grands pour la reine d'Angleterre. Louis et Aurélien allaient se régaler. Bras chargés, j'ai enfin rejoint la terrasse sur la pointe des pieds. Tout avait l'air calme. Mon fils était sous le charme, Margot sur ses gardes et Élisabeth, ma femme, tout sourires, apparemment à mille lieues des soupçons de notre chère fille. Frivole et maline, Clémence n'avait pas les yeux dans les poches. Rien ne lui avait échappé :

« La cheminée où peut flamber un sanglier. Le piano où la grand-mère joue du Chopin sous les boiseries. La bibliothèque où monsieur lit son *Figaro*. J'adore. C'est exactement la vieille baraque à laquelle je m'attendais. Un décor pour vous avec une bonne odeur de pain grillé et de savonnette Roger & Gallet. On imagine des générations de vies sages avec les draps bien rangés dans les armoires, les livres classés par ordre alphabétique et une armoire à pharmacie avec son aspirine, ses pansements et du sirop. Et puis ces portraits d'inconnus de l'ancien temps dans l'escalier. C'est top. Franchement, Gilles, le décor vous va comme un gant, bien mieux que les locaux de *Scoop*. On dirait une bergerie pour série de Netflix.

— Pour une bonne série, il ne manque que d'y introduire un loup. Ou une hyène », a observé Margot.

Dans la matinée, elle avait menacé d'en venir aux mains avec « cette toupie ». Le terme « vieille baraque » n'a rien arrangé. Margot la porte à bout de bras. À l'Ile aux Moines, elle a toujours les doigts pleins de sciure fraîche, se fait offrir à ses anniversaires des Black & Decker et étudie des tutoriels de menuiserie et d'électricité. Mon fils a senti le poivre monter au nez de sa sœur. Diplomate, il a demandé ce que Clémence pensait du jardin. Pour elle, il avait passé la matinée à tondre la pelouse et à ramasser les feuilles mortes. Elle l'a félicité :

« Toute cette herbe verte, c'est beau comme la mer. Et ce silence avec tant de monde dans l'île ! On se croirait dans un monastère. Mais sans potager. Ça fait du bien. J'en ai marre des néo-ruraux piqués de compostage. »

Excellente réponse : elle s'était fait un allié. Par chance, Paul avait vu son film avant de quitter Paris. On a parlé cinéma. À 15 ans, il avait rêvé d'en faire. Jusqu'au bac, il avait pris des cours de théâtre aux Francs-Bourgeois, son lycée :

« Mais la famille a dit "Rideau". Ils préfèrent les grandes écoles aux grandes scènes. Pour finir, je joue la comédie chez Total. C'est pas mal, cela dit : on ne manque pas de tragédies. Quant à Papa, il fait son beurre sur le cinéma depuis trente ans à *Scoop*. Il ne faut pas chercher à comprendre les bourgeois. Juste les maudire et les imiter : faire le contraire de ce qu'on recommande aux autres. »

Dans le bus venant de Larmor-Baden, Clémence avait lu le portrait d'Isabelle Huppert en couverture du dernier numéro de *Match*. Elle trouvait le sujet absolument nul :

« Elle ne dit rien sur rien. Pas un mot sur le film, sur sa famille, sur ses vacances, sur ses goûts. Que des machins vagues qui ne font pas de vagues. Je ne parle pas des photos. On ne la voit qu'en jean dans un pré et en oraison sur des marches d'escalier en pleine cambrousse. Le titre annonce qu'elle nous reçoit dans son refuge mais on n'en voit rien. C'est du vent. Et son "âme de voyageuse" ! Y a encore des gens pour gober cette buée de journalisme ? »

Paul se régalait. Pas Margot. La veille, elle avait tenu à peu près les mêmes propos mais soudain madame s'est muée en avocate de Huppert : les réalisateurs du monde entier la réclamaient, elle ne jouait pas les madones humanitaires, n'avait jamais tourné dans un nanar, ne parlait pas à tort et à travers… Tout ce qu'elle trouvait ridicule hier figurait désormais à son actif. Et puis, son jeu d'actrice ! Exceptionnel, tout simplement exceptionnel. Paul en a eu assez :

« Son jeu d'actrice ! Tu rigoles, ou quoi ? Elle est là, vide, lisse, froide et inhabitée à observer le film qui se tourne autour d'elle. C'est Gabin déguisé en poupée Barbie, elle n'exprime jamais rien. »

Clémence buvait du petit-lait et Margot fusillait son frère des yeux quand Élisabeth s'en est mêlée.

À sa façon, très tendre, d'une voix douce, avec son talent unique pour balancer des vacheries en ayant l'air de vous brosser le poil :

« Vous êtes sûre de la connaître ? Je l'ai vue sur Arte dans *La Cerisaie* jouée à Avignon. Je ne sais pas ce qu'elle exprimait, c'était plutôt pénible mais elle n'était certainement pas inhabitée. On avait envie de lui passer la camisole. Et de la camomille. »

Au lieu de ça, on est passés à table. Salade de tomates, haddock fumé, baies roses, ciboulette et pommes de terre, tropézienne… On ne s'était pas foulés mais, sous les parasols, la table était jolie, le jardin ensoleillé et le rosé de Sainte-Roseline bien frais. J'ai raconté à Clémence l'histoire du corsaire qui avait bâti la maison. Sans quelques aventures empruntées à Surcouf, je n'aurais pas été bien long. Élisabeth riait sous cape. La traversée du repas s'annonçait paisible quand Michel Sardou s'est invité à table. Quasiment acculée à le dire par l'intervieweuse, une jeune rockeuse l'avait traité de fasciste sur France Inter. Clémence se moquait comme de l'an 40 des gens qui débusquent partout l'extrême droite et a dit qu'elle l'adorait, fasciste ou pas. Et là, stupeur : alors qu'en voiture, pendant des années, sur la route de l'Ile aux Moines, elle nous avait chanté « Mes chers parents, je pars » du premier au dernier couplet, Margot a, au contraire, jugé la remarque de la chanteuse parfaitement justifiée. Sardou sentait la France moisie. Dans sa bouche, on croyait rêver. Elle allait contredire Clémence sur chaque sujet. Élisabeth était au spectacle, tout sourires, ravie de me voir patauger entre deux eaux. Par pur vice, elle m'y a tendrement enfoncé la tête :

« Dis-moi, chéri, tu as pensé à prendre tes pilules ? »

Je n'en prends aucune. Me faire passer pour un pépère à médications : quelle peste ! Une autre fois, j'aurais applaudi le numéro. Là, je l'aurais tuée. Je ne sais pas qui a dit « Alliance aux doigts, fers aux pieds » mais il avait tout compris. Heureusement, Paul a balancé les bouées de sauvetage. Depuis l'adolescence, il nous rendait marteaux avec ses CD de rap français mais là, soudain converti par Clémence, il a fait l'éloge de Sardou. Les nuages se sont dissipés. Charmante et finalement plus ingénue que prévu, Clémence a buté dans tous les panneaux que lui tendait Margot. Ne possédant encore aucun des attributs de la réussite, elle n'en était pas déjà à les cacher. Elle a parlé d'argent, d'agents, de contacts, de Coco, de Frédéric… Le sang frais, battant la campagne, c'était Perrette au pot au lait. Ma fille se régalait. Élisabeth a poursuivi son travail de sape en posant la tropézienne sur la table :

« Sois raisonnable, chéri. Pense à ton cholestérol. »

Mon cholestérol ! Première nouvelle. Elle m'a servi une toute petite part avec l'air malicieux de l'espiègle Lilli. Elle se régalait. Kergantelec transformé en Ehpad, elle allait me tendre une canne pour aller à la plage, ou quoi ? Elle avait dû mijoter son coup avec Margot. Encore un peu et elles allaient pouffer à table. À deux, elles me blanchissaient les tempes tout en douceur, à l'aquarelle. Pour m'achever, elles m'ont prié de préparer les cafés, « histoire que tu aies fait une chose dans la journée ». Je devenais le père pénible, un peu ridicule, qu'on porte à bout de bras et qu'on aime bien par lassitude.

À nouveau, réfugié dans la cuisine, j'ai pris tout mon temps, nettoyant les plats, rinçant les verres et posant les assiettes une par une dans le lave-vaisselle comme un calice dans son tabernacle. J'avais honte de ce que j'imposais à Élisabeth qui, de toute évidence, avait tout compris. Honte que Clémence me voie si faible. Honte de m'être mis dans cette situation de vaudeville. Par quel chemin tortueux étais-je parvenu là, indécis, muet, mauvaise herbe spectatrice de son propre ridicule ?

À force de me laisser porter par le journal, par Coco, par ma fatuité, je me retrouvais chez moi, traqué par le ridicule et la muflerie. Plateau entre les mains, je suis revenu avec les cinq espressos et les orangettes comme je serais monté au bûcher. M'apercevant la première, Élisabeth a changé de conversation :

«… à ce moment-là, tu le retournes et ça fait un merveilleux manteau pour l'hiver. »

C'est la formule rituelle de la famille pour interrompre brutalement les conciliabules quand survient à l'improviste la personne dont on parle. J'ai souri, bien obligé. Elle continuait de mener le jeu pour me mettre mal à l'aise car, en réalité, ils parlaient du père de Clémence. Incroyable mais vrai : à 30 ans, il avait quitté sa femme et sa fille à peine adolescente pour se mettre en couple avec un homme. Il aurait fallu me mettre à la torture pour avouer un tel secret de famille à des étrangers. Clémence, elle, en parlait sans embarras. Cette poupée n'avait pas de surmoi. Que dirait-elle bientôt de moi ? Je ne veux même pas y penser. Le week-end, quand elle allait chez eux, elle s'est même vantée de leur servir parfois le petit déjeuner au lit. Paul s'est bouché les oreilles des deux mains en ouvrant des yeux horrifiés. Il ne pouvait pas le croire :

« Je ne sais pas comment tu fais. À 12 ans, quand j'ai compris que papa et maman faisaient l'amour, j'ai vomi dans la salle de bains. Plutôt me jeter par la fenêtre que d'entrer dans la chambre de mon père et d'un autre homme. »

Élisabeth s'est fait une joie de le rassurer :

« Je t'en prie, bonhomme, épargne-nous de telles extrémités. Je ne tiens pas à te ramasser en morceaux et tu peux sans crainte entrer dans la chambre. Si ton père est aussi dynamique avec ce monsieur qu'à ses habitudes, tu le trouveras délicatement assoupi sur sa moitié de lit, lorgnon sur le nez et bouquin ouvert sur le ventre en train de ronfler. »

Elle charriait. Je n'ai jamais mis de lunettes pour lire. Mais c'était touché-coulé. Clémence a éclaté de rire. Paul et Margot aussi. J'ai fait comme eux, minable. Je n'en pouvais plus. Paul, en revanche, emballé par le naturel de Clémence, son charme et son apparente innocence, était aux anges. Pas question de la laisser filer comme une invitée de passage. Quand elle a annoncé qu'elle devait attraper le car de 17 h 30, il a exigé de la ramener lui-même à Larmor-Baden sur le zodiac de ma sœur. Clémence nous a tous embrassés, joyeuse, enchantée de son déjeuner dans les îles. Elle a regretté qu'on n'ait pas parlé d'*Une vraie Parisienne* :

« Ce sera pour une autre fois.

— C'est ça, une autre fois », a approuvé Élisabeth en refermant le portail. Pour ajouter ensuite : « Dans une autre vie. » Sur quoi, elle a éclaté de rire et m'a pris par la taille pour rentrer dans la cour. Elle était déjà passée à autre chose :

« Ce soir, on fera des crêpes. Louis et Aurélien sont furieux de n'avoir pas déjeuné à table.

— Ça me rappellera mon enfance, a dit Margot.

— Moi aussi », a ajouté Aurélien.

Paul est rentré après le dîner, à la nuit tombée. Sa mère commençait à paniquer, avait déjà cherché le numéro d'appel de la SNSM, la Société nationale de sauvetage en mer. Il avait bu un apéro avec l'équipe du film et restait sous le charme de Clémence. Avec une nuance :

« Elle est vraiment gentille. Un peu trop même. Je lui ai répété trois fois que j'étais marié mais c'est comme si je lui avais dit que j'étais Cancer ou Balance. »

Il n'a pas épilogué. Personne n'a tenté d'en savoir plus. Un sourire navré à mon intention, sa mère buvait du petit-lait.

36.

J'ai retardé le moment autant que possible mais, tard le soir, Élisabeth et moi nous sommes retrouvés côte à côte. Couchée, *Le Canard* entre les mains, elle m'attendait, écouteurs sur les oreilles. Quand elle les a retirés, j'ai reconnu à la première mesure « Seras-tu là ? ». Depuis trente ans, elle trouve que je ressemble à Michel Berger, jusqu'à sa voix quand il parle. Je connaissais les paroles par cœur – c'est le cas de le dire : *« Pourras-tu suivre là où je vais ? La solitude, le temps qui passe et l'habitude... Quand les jours auront passé, seras-tu là ? »*

Les questions de Berger rendaient les siennes inutiles. Je me suis serré contre elle, j'ai passé mon bras droit derrière son cou et j'ai posé l'index gauche sur mes lèvres. Depuis trente ans, elle avait compris que je préférais me trancher la langue plutôt que de verbaliser mes malaises et mes secrets. Aucune explication sur Clémence ne franchirait jamais mes lèvres. Le besoin chez les femmes de mettre des mots sur les taches m'ôte la parole. Je crains toujours qu'ils étalent le chagrin plus qu'ils ne l'effacent. Et puis les examens de confiance me font peur : autant se déshabiller en public. D'ailleurs, parler maintenant de Clémence, c'était nous vacciner contre un virus désarmé. Élisabeth l'avait senti. Elle connaît mes lâchetés comme le fond de ses poches :

« Toujours courageux comme un âne qui recule, chéri. Bien entendu, tu n'as aucun commentaire à faire… Alors bonsoir. »

Elle avait passé l'heure et l'âge de déchiffrer mes silences amoureux comme des hiéroglyphes à la pâte d'amande. Tout était dit. Sans commentaire ni protestation, je lui ai caressé les cheveux. Ça, au moins, je sais qu'elle aime bien. Elle s'est vite endormie ou a fait semblant. Pas de chick lit avec elle : arracher les draps et « réveiller les anciens volcans qu'on croyait éteints » n'était pas son style. Ni le mien. Il y a des bornes aux clichés. Je les avais assez franchies depuis un mois. D'habitude, pendant la nuit, elle pousse des soupirs de cantatrice dès que mon corps franchit la ligne médiane. Là, sans aller jusqu'à ronronner, elle m'a laissé lui coller aux fesses. C'était son 11 Novembre.

À l'aube, j'ai filé au bois de la Chèvre. Le jour était levé, pas le vent. Le golfe continuait de somnoler. Les chevauchées océaniques n'atteignent jamais le creux du Vran mais là, dans un silence d'église, ses eaux scintillantes semblaient un plateau d'argent. L'air était tiède. Dans la prairie de Brouel, aucun cheval n'avait quitté son enclos pour approcher le sentier côtier. Vers l'île d'Arz, une voile orange, une seule, glissait doucement, telle une fleur emportée à la surface d'un ruisseau. Je me suis installé à la pointe du bois, dans mon creux habituel, posté parmi les rochers énormes figés en sentinelles contre l'érosion. J'adore ces heures assoupies où le flot se traîne, se pose puis s'éloigne avec le va-et-vient d'un souffle de dormeur. Le soleil est apparu, hésitant, avec quelques oreillers de nuages qu'il rejetait un par un. D'éclatants rayons ôtaient alors leurs contours moelleux aux maisons de Kerno. Les angles se creusaient, les contours s'aiguisaient, la vie revenait. Au fur et à mesure que la baie se ridait, le plateau s'est transformé en nappe brillante et froissée. Sous les vagues aux plis paisibles se cachaient des courants lunatiques, des bancs de sable en promenade, de sournoises semoules de vase et de longues tables à huîtres tapies à fleur d'eau mais, à marée montante, rien ne marquait ces dangers. Les jours de tempête, le vent va jusqu'au bout de la terre. Ce matin, rien n'allait le faire se lever. Plus heureux qu'un chat dans son panier, j'ai laissé passer une heure. Puis deux. À quoi pensais-je ? Aux femmes de ma famille.

Génération après génération, elles ont fermé des centaines d'yeux pour nous supporter. L'une après l'autre, elles ont découvert que leur lion chéri n'était qu'une peluche. Louise, ma ravissante arrière-grand-mère dont Kergantelec était la dot, était odieuse, repliée sur elle-même, aveugle et sourde aux autres. Son mari, médecin-chef à l'hôpital de Vannes, l'appelait le marron d'Inde. Dès l'aube, il enfilait sa blouse pour la fuir. En septembre 1914, trop poète pour l'époque et pour son épouse, il s'est injecté une dose historique de morphine face au spectacle des blessés submergeant ses services. Elle lui a bâti un mausolée au cimetière de l'île où elle ne s'est pas recueillie une fois, a élevé son fils unique en mère prussienne, a doublé la taille de Kergantelec et n'a plus prononcé une fois le nom de son mari.

Son fiel s'est plus tard reporté sur ma grand-mère Simone, un autre numéro. En juillet 1940, quand son mari, mon tendre grand-père, journaliste politique, parcourait les allées de Vichy, elle était déjà du petit groupe qui allait créer le Réseau du musée de l'Homme où elle travaillait comme documentaliste. Je l'ai déjà dit mais je suis fier de le répéter : le premier stencil de la Résistance a été imprimé dans son salon, à deux pas, avenue Henri Martin. Ensuite, elle a passé sa vie à jouer du piano dans son salon et à flamber au casino les revenus de la famille. Pendant vingt ans, son amant a eu sa chambre à Kergantelec. On l'appelait Oncle Claude. À sa mort, mon père a trouvé la maison criblée d'hypothèques. Il allait vendre quand ma mère a tout pris en main.

Productrice de films à l'ORTF, elle finançait Godard, Duras, Weyergans, Laperrousaz, Benoît Jacquot… Pour elle aussi, l'argent était fait pour être flambé. À l'Ile aux Moines, elle a démoli la cuisine, créé des salles de bains, installé le chauffage central, rasé les allées de lauriers, éliminé les massifs de buis, redallé la cour d'honneur… Tout devait se plier à ses visions. Et vite. Sans demander l'avis de personne. Entre-temps, elle signait des contrats à Munich, Tokyo ou Londres. Je ne la voyais jamais. La fierté d'avoir une mère indépendante devait suffire à mon bonheur. À 18 ans, quand j'ai participé au Challenge Martini, elle est tombée des nues en découvrant que je faisais de l'escrime depuis dix ans. À présent, je pense à elle avec tendresse – un mot qui lui allait comme un tablier à une vache, pour reprendre une de ses expressions favorites.

Elles prenaient tout en main mais c'étaient de vraies femmes, pas trois espèces d'hommes, plutôt des régentes abusives. Élisabeth, elle, apporte une teinte plus du Barry à la série. Là où Louise observait la vie avec méfiance, Simone avec gourmandise et Manette avec ardeur, elle le fait avec bienveillance. Elle prend les choses avec ironie et les gens avec gentillesse. Avec son don pour les jeux de mots, elle aurait fait une formidable titreuse à *Scoop* ou à *Libé* mais elle n'aime pas se moquer, juste mettre en boîte. Je savais qu'elle n'allumerait pas le feu à cause de Clémence. Elle redoutait moins mes chagrins que mon ridicule. La veille, pendant le repas, elle n'avait cessé de le souligner, à sa façon, espiègle, sans pathos, entre les mots. Elle n'a jamais fait de mal à personne. Elle n'allait pas commencer avec moi.

Je planerais encore dans mes pensées si mon portable n'avait pas vibré. Le prénom de Monica est apparu à l'écran. C'était reparti : à nouveau, les couloirs du journal pétillaient d'indignation. Elle m'a sauté dessus :

« Tu connais la couverture du prochain numéro ? »

A priori, c'était ce cher Laurent Defoix interviewé par elle. J'ai donné la réponse avec un sourire de chambre à coucher. Erreur : sans doute ravie de passer à la trappe un sujet lancé par moi, Édith avait changé la donne. D'une voix frémissant d'indignation, Monica m'a ramené sur Terre :

« Zemmour ! Éric Zemmour, tu te rends compte. Interviewé par un pigiste sorti de nulle part. C'est fait : on devient le supplément photo de *Valeurs actuelles.* »

Je n'ai pas prononcé le mot mais, pour être clair, je n'en avais rien à « foutre ». Heureusement, Monica est bavarde. Elle a renchéri phrase après phrase sur son indignation. Assez longtemps pour que je trouve une porte de sortie plus digne d'un rédacteur en chef :

« Peut-être que ton interview a déçu Édith ? »

Juste la question qu'il fallait pour lui tourner les sangs. Vive comme l'écureuil, elle m'a sauté dessus :

« Tu déconnes, ou quoi ? Defoix dégomme les fédérations de chasse, déplore les mouvements perpétuels et incohérents de Macron sur le nucléaire, flingue les lobbies pharmaceutiques qui empêchent d'interdire les herbicides. Et ainsi de suite. Un ministre dit tout haut qu'il n'a aucun pouvoir, que tout se décide à l'Élysée, que le gouvernement ne raisonne qu'à courte vue. C'est simple : il dégomme à tout-va… »

À l'Ile aux Moines, des sangliers venus à la nage saccageaient les propriétés de Pen Hap et de Kerno. On comptait les jours avant la battue annoncée en octobre. Même si je ne pratique pas la chasse, la corrida, la pêche au gros, le jetski et autres fantaisies, je ne les interdis pas aux autres. Defoix donnait dans le prêchi-prêcha habituel. Pour *Scoop*, cela dit, impossible de le nier, c'était de l'or en barre : toute la presse s'en serait fait l'écho. Les gens auraient filé au kiosque. Bien forcé, j'ai admis que c'était dommage. Monica a rugi :

« Dommage ! C'est tout ce que tu trouves à dire ? On met un pétainiste au tableau d'honneur et tu te contentes de regarder passer le train ? »

Cette histoire de tableau d'honneur était une des vieilles lunes du magazine. Consacrer la couverture à une personnalité, c'était lui rendre hommage.

Sauf que cette formule fétiche datait des années 60 et 70. À l'époque, le monde entier vénérait Bardot, Delon, Belmondo. Personne ne prenait à la légère de Gaulle, Pompidou, Giscard, Mitterrand. Jeunes et séduisantes, Elisabeth II, Grace de Monaco, Farah Diba agitaient leurs diamants avec des marmots dans les bras. La France admirait, cancanait et aimait sans états d'âme. Trouver chaque semaine une personnalité d'intérêt était un jeu d'enfant. Aujourd'hui, dès qu'une étoile apparaît, les réseaux sociaux la lapident. Les riches, les stars, les élus, tout le monde exaspère tout le monde. Aucune vedette ne se présente sans son casier judiciaire médiatique. Un pays fielleux geint du matin au soir. Pour retrouver la jeunesse insouciante de cette petite vieille en pleine décomposition, il faut fouiller chez les bouquinistes à la recherche de nos anciens numéros. Cette notion de tableau d'honneur ne veut plus rien dire. Sinon sur TikTok et ses idoles d'un jour décérébrées pour ados écervelés. C'était plutôt la tête de Zemmour qui m'inquiétait. Qui aurait envie de lire sur la plage les aventures d'un petit furet cambré en dernier rempart de la civilisation ? Sans entrer dans ces considérations esthétiques, j'ai observé qu'il avait obtenu deux millions de voix et des poussières à la présidentielle. On avait bien consacré une couverture à Pécresse. Et une à Jadot. Monica n'avait rien trouvé à y redire. J'aurais mieux fait de me taire. Cette réalité était au-dessus de ses forces :

« Chapeau ! Tu vas à la messe et il te pousse un capuchon dans le dos. Un fasciste entre dans les sondages et tu le mets en couverture. »

Monica voit des fascistes partout mais enfin, Zemmour en plein été, c'était de la provocation ! Il a beau être pittoresque, il est surtout arrogant, autoritaire, sûr de lui et brutal. Cela dit, je connais aussi le pot-au-feu idéologique de la SDJ. Toujours prête à s'indigner, elle chérit les initiatives qui relancent la machine et vit sur le dos du politiquement correct comme une puce sur un chien. Zemmour, c'était du pain bénit. L'offensive allait reprendre du poil de la bête. Ça n'a pas manqué. La voix frémissante, Monica m'a lu la pétition que le « bureau » avait préparée. Les tergiversations de Bruxelles y apparaissaient dans une brume de phrases où, selon la coutume, Bolloré, pourtant écarté de nous une semaine plus tôt, tenait toujours la vedette. En gros, les journalistes de *Scoop* s'élevaient en dernier rempart de la liberté d'expression. Ce costume de héros me va comme une toile de tente. Mais Monica était formelle :

« Tu dois absolument signer la pétition. »

Rien que le mot m'énerve. Je n'en ai signé qu'une dans ma vie pour que Sa Majesté Hidalgo Ier autorise l'enterrement de Michel Déon à Paris, sa ville natale. Je n'y reviendrai pas. J'ai horreur de ces émotions surjouées et « pesées avec de faux poids sur une balance truquée », comme dit je ne sais plus qui. Pour une fois, je n'ai pas tourné autour du pot :

« Écoute, Monica, ces histoires de bouchons qui se croient plus importants que les bouteilles deviennent ridicules. Notre seule force, c'est le journal. Ce n'est pas à nous de percer des creux dans la coque. Je ne signerai rien du tout. »

Cette franchise ! Je n'en revenais pas. J'avais dit « non ». Sans tourner autour des mots. Comme un rugbyman qui percute l'adversaire au lieu de rechercher l'intervalle. Ce petit zéphyr du Vran avait des vertus guerrières. Monica, elle, n'a pas apprécié. Je la décevais. Elle est revenue à la charge. Le bureau allait demander l'ouverture de la clause de conscience. La clause de conscience ! Il ne manquait plus qu'elle. Je l'ai ramenée sur Terre :

« Pas de gros mots, s'il te plaît. »

Elle m'a raccroché au nez. Je l'avais déçue. Comme Clémence. Comme Édith. Comme Élisabeth. Comme Coco. Comme à peu près tout le monde. Tout ce que j'inspire, ce sont des sourires navrés. Au fond, ce n'est pas si mal. À 15 ans, j'adorais Moravia. Et le charme de ses personnages velléitaires qui ne trouvent pas leur place. Les hommes qui ont du charme se contentent de regarder et ne laissent pas de trace, juste un souvenir enjoué. Je vais le relire. J'ai l'impression d'être le héros d'un livre qui s'appellerait *La Déception*.

Cet ouvrage a été imprimé par
CPI Firmin-Didot au Mesnil-sur-l'Estrée
pour le compte des Éditions Grasset
en février 2024

Mise en pages
PCA 44400 Rezé

PAPIER CERTIFIÉ

Grasset s'engage pour l'environnement en réduisant l'empreinte carbone de ses livres. Celle de cet exemplaire est de :
700 g éq. CO_2
Rendez-vous sur www.grasset-durable.fr

N° d'édition : 23111 – N° d'impression : 178335
Dépôt légal : mars 2024
Imprimé en France